Jürgen von Manger

»Der Abschied« und andere Stückskes aus dem Nachlass

Herausgegeben von Joachim Wittkowski

Illustriert von Michael Hüter

Henselowsky Boschmann

Jürgen von Manger (1923-1994) ist das Urgestein des Kabaretts im Ruhrgebiet. Der in Hagen aufgewachsene und an den Bühnen in Hagen, Bochum und Gelsenkirchen engagierte Jürgen von Manger lebte bis zu seinem Tod in Herne. Durch ihn erlangte das Ruhrgebietsdeutsche Bühnenreife. Radio- und Fernsehsendungen sowie zahlreiche Tourneen machten seinen Adolf Tegtmeier in Deutschland zur populärsten Kabarettfigur der sechziger bis achtziger Jahre. Am Deutschen Kabarett Archiv in Mainz ist Jürgen von Manger einer der ersten Sterne auf dem Walk of Fame der Satire gewidmet. Und der Herner Kabarettpreis heißt schlicht: Tegtmeiers Erben.

Joachim Wittkowski (Jg. 1959) arbeitet nach einem Studium der Germanistik, Philosophie und Theologie als Lehrer im Ruhrgebiet. Als Lehrbeauftragter an der Ruhr-Universität Bochum und Mitglied der Literaturkommission des Landschaftsverbandes Westfalen-Lippe hat er sich intensiv mit der Literatur im Ruhrgebiet beschäftigt und zahlreiche Aufsätze und Rezensionen zu diesem Thema verfasst. Im Verlag Henselowsky Boschmann liegen zwei von ihm herausgegebene Bücher vor: »Auf Streife im Revier. Der Krimi im Ruhrgebiet« (2009) sowie »Hic, haec, hoc. Der Lehrer hat 'nen Stock. Schulgeschichten aus dem Ruhrgebiet« (2007).

Alle in diesem Buch abgedruckten Texte sind dem Nachlass Jürgen von Manger im Deutschen Kabarett Archiv, Mainz, entnommen.

Im Verlag Henselowsky Boschmann erscheint ebenfalls:
Jürgen von Manger, Bleibense Mensch!
Träume, Reden und Gerede des Adolf Tegtmeier

Bücher vonne Ruhr
Schützenstraße 31, 46236 Bottrop
Mit freundlicher Genehmigung von Ruth von Manger
E-Mail: post@vonneruhr
www.vonneRuhr.de
1. Auflage 2013
ISBN 978-3-942094-37-5
Herstellung: Westermann Druck Zwickau GmbH
Illustrationen: Michael Hüter

Inhalt

Der Abschied 5

Der Protest 10

Das Wunder der Liebe 15

Ein Geschenk 19
überreicht von Adolf Tegtmeier

Für festliche Anlässe 26

Richtfest 35

Das Unwesen 41

Resozialisierung 48

Tegtmeier in Uniform 55

Hänsel und Gretel 62

Partner im Verkehr 71
oder Die Kunst, Leute zu ärgern

Der »geraubte« Zündschlüssel – 76
Vielen Dank, Herr Staatsanwalt

Tegtmeier tiefgefroren 86
(Neue Aspekte der unsterblichen Seele)

Tägtmeier im Mittagmagazin 95

Die Pluralistische Gesellschaft gestern und morgen 106
Historisch-philosophische Betrachtungen

Joachim Wittkowski: Mensch bleiben in der 138
pluralistischen Gesellschaft. Jürgen von Mangers
feine Wahrnehmungen des Homo tegtmeieri

Der Abschied

Herr Tägtmeier ist in einer gerührten, manchmal fast larmoyanten Stimmung, die aber immer dann in einen strahlenden Positivismus umschlägt, wenn er mit speziellen Sachkenntnissen aufwarten kann. Wenn er reportagehaft von den Stillegungsfeierlichkeiten berichtet, spricht er im Tonfall eines geschmeichelten Augenzeugen.

Sicher, Mamma, ne? – das ist schon alles mal sehr traurig, *(polterig)* aber mußte doch nicht gleich am Heulen fangen, verdorrinochmal! – Was meinste, wie mir am Herzen war, wie wir da heute das letzte Mal inne Waschkau standen und ich hab den Emil zum letzten Mal Puckel abgeschrubbt, da hatte ich doch ganz schön Druck auf die Augen, trotz die Brille.

Haste Kaffe? – Jaujau, hier ist ja unter die Mütze, ich tu selbst eingießen, danke.

Tja, – aber trotzdem: es war doch schon ein Erlebnis, wie wir da alle so am Schacht standen, ne? – ganz feierlich, Hände vorm Bauch, und dann kam der letzte Wagen hoch, hatten sie so schön mit Kreide draufgeschrieben: »Ich bin der Letzte!« – und obendrauf hatten sie so'n großen Eichenholzdeckel, der wurde dann von 12 Bergschüler, unter den Klängen vonne Zechenkapelle »Glückauf, Ihr Bergleut jung und alt, seid froh und wohlgemut …« haben sie den Deckel langsam auffem Schacht gelegt, die Bergschüler.

Dann trat zum letzten Mal unser'n Assessor hervor, aber der war diesmal ganz zahm, ausnahmsweise. Hielt er ne Rede: er bedankte sich bei der Regierung, für daß sie dem Bergbau so schön bei der Stillegung behilflich gewesen wäre, ne? – »Ohne unsere Regierung wäre uns diese nette Feierstunde gar nicht möglich gewesen …« und deshalb wär schön, daß dieser eine Herr vom Wirtschaftsministerium hier heute mit bei wäre und sozusagen persönlich den ersten Sargnagel im Deckel von unsern Pütt hauen könnte, weil er sich da so drum verdient gemacht hätte.

Danke, Zucker hab ich schon.

Jetzt tritt dieser Eine da vor, ich glaube, von Bonn war der weg, richtig feierlich mit sein' schwarzen Mantel und den weißen Helm auf'n Kopp – Ministerialdirigent, sagte Emil – sprach aber auch so ganz verquetscht – erzählt er, wie in Bonn also alles ganz traurig wäre wegen unser Schicksal. Und zwar würden die Herren da – »… seit Jahre schon!« – meinte er, würden die immer nur am deutschen Bergmann denken und wie daß wir inne Zechenwohnungen bleiben könnten oder auch die Deputatkohle, das wäre ein ganz schön heißes Eisen für die Zukunft. Aber sagt er: »Die Sorgen des deutschen Steinkohlenbergbaus …« – also weiß ich auch nich, da gingen die Minister und Abgeordnete und Verfassungsschutz und was sie so alles in Bonn am Laufen haben – da gingen die alle mit schlafen, meinte er, weil es sie so aufregt.

Und dann erzählte er von diese sogenannte Energiepolitik. Und zwar hätten sich da namens der Regierung – sagt er – hätte sich da das Schicksal und vielleicht auch schon mal ›höhere Mächte‹, der ›Zug der Zeit‹, die hätten sich wohl so'n bißken zusammengetan und ausgerechnet gegen die Steinkohle, ne? – Aber er meint, das wär eben Bergmannslos. Also daß das Bergmannslos eben Fügung ist und hätten wir selber doch in den schönen Liede schon so oft gesungen, daß man da nix gegen machen kann.

Und zwar – ich weiß nicht, Mamma, ob du dich noch erinnern tust, wie die Kohlenkrise anfing, weil die Schiffe gesunken sind mit die Preise: dieses war der Beginn der deutschen Energiepolitik, meinte er, wie also damals die erste amerikanische Kohle im Lande kam. Und dann sagt er so – wurde er richtig 'n bißken böse bei: Es wäre ein ziemlicher Blödsinn, wenn die Leute immer erzählten, daß unsere Regierung da was falsch gemacht hätte, die konnte ja gar nix falsch machen, weil sie doch sowieso überhaupt gar nix gemacht hat. Und zwar wäre das eben inne freie Wirtschaft schon mal so üblich, daß eine Energie-Politik dadrin besteht, daß es ja ... also gar keine gibt. Aber, sagt er, »dem deutschen Bergbau, der die Grundlage gelegt hat für'm Wirtschaftswunder, wird immer ein ehrenvolles ...« äh Dingens, also daß sie da in Bonn noch gerne an uns zurückdenken würden, auch wenn es uns schon lange gar nicht mehr gibt. *(Rührung)* Ach nä – aber is doch ganz schön traurig!

Nee danke, Mamma, Kuchen möcht' ich nicht – heb' auf für wenn die Hedwig vonne Arbeit kommt! – mir ist das heute doch *(verschämtes Lachen)* so'n bißken am Magen geschlagen, diese Feierlichkeit, dat war so wie bei die Beerdigung von Onkel Alvis: wie er noch lebte, da konnt man den Blödmann nie richtig verknusen und hab ich selbst manchmal richtig häßliche Redensarten über ihm geführt, jetzt mit mein Arbeitsplatz, is genauso – »Scheiß-Pütt!« ha'm wir manchmal gesagt und die verdammte Maloche da, aber jetzt, wo der Pütt so von einem gegangen ist, da is dat wie bei Onkel Alvis seine Beerdigung, daß ein'n dat aber ganz schön am Herzen – – greift!

Und das hat ja dieser Eine aus Bonn auch gesagt, daß wir nicht nur Murcks gemacht hätten, all die Jahre, das wäre sogar die Regierung bereit zum Anerkennen: die ganze Anstrengungen und die Modernisierung und Mechanisierung, ne? meint er so die Hobel mit und die automatische Streben mit den wandernden Ausbau, Hydraulik, alles, – und das mußte dieser Herr auch anerkennen, sagte er: »Sie können stolz darauf sein, daß unter diesem Deckel eine der modernsten Schachtanlagen liegt, nach der sich unsere EWG-Partner alle zehn Finger lecken würden ...«.

Dann wollte er noch hinweisen auf die viele Hilfe, was wir vonne Regierung geschenkt bekommen hätten: selbst in die Wahljahre, wo die Regierung doch besonders heftig beschäftigt wäre mit die Propaganda und wie sie die Wahl wieder gewinnen kann – selbst in diese schwere Zeiten hätten sie in Bonn oder auch in Düsseldorf dem Ruhrkumpel nie vergessen und ihm immer nochmal 'ne Kleinigkeit zugeschoben, und dann wünschte er uns alles Gute im neuen Berufsleben und schloß mit dem Wort von ein gewissen Herr Katzer: »Die Kohlenkrise darf nicht auf dem Rücken der Bergleute gelöst werden!« Denn bückte er sich und nahm den Hammer und Nagel und haute sich auffem Finger, so kurz unterm Daumennagel.

(Rührung) Ach, Junge! – Denn kam ein Trommelwirbel und dann zum letzten Male »Glückauf, Glückauf,

der Steiger kommt« … und da haben wir alle die Kappen abgenommen. Und dann haben die Zimmerhauer den Deckel richtig dicht genagelt.

Weißte, Mamma, sicher: für uns ist das alles schwer, ne? – da gibt's kein Vertun, und ich sag auch für den Emmil: »du fängst jetzt als Fahrer an bei die Wäscherei und wie mir das da in diese automatische Autowaschanlage gefallen wird, das kann man schlecht vorhersagen, das ist schweres Schicksal und soll ja auch sehr naß da sein, muß man immer im Gummizeug malochen, aber dieser Herr aus Bonn möchte ich auch nicht sein. Alle paar Tage muß er auf'n anderm Pütt seine Rede halten, bis daß der deutsche Bergmann gesundgeschrumpft ist, da möcht ich aber auch nicht mit tauschen! Ich glaube, wenn ich die Regierung wäre, – ich würde doch der freien Wirtschaft gut zureden wegen de Energiepolitik, auch wenn es dann vielleicht passieren könnte, daß der Bergbau auch diesmal nicht kaputt…gekriecht wird – auch auf die Gefahr hin! Ährlich!

Der Protest

(Hörerabnehmen und Wählen einer 9stelligen Nummer) Hallo? – Ist da Volkswagenwerk? – Jawoll, hier ist Herr Adolf Tägtmeier aus Gelsenkirchen, ich möchte bitte sofort Herr Nordhoff sprechen. – Wat is? Nein, ich bin nicht Herr Nordhoff, ich möchte Herr Nordhoff sprechen, und zwar bißken dalli, Frollein: hier spricht Herr Aktionär Tägtmeier aus Gelsenkirchen, merken Se sich das bitte gefälligst, jawoll …

(beiseite) Jetzt isse am Durchstellen. Also denk daran, Emmil, wenn ich der Nordhoff anne Strippe hab und sage so: ›Momentmal, ich geb Sie mein Kollege, Herr Ellersiek!‹ – dann mußte gleich – richtig kräftige Stimme, ne? – und hausten da die Sachen um die Ohren, die wir am Zettel geschrieben haben. Hasten'n Zettel? Gut. Also …

(ins Telefon) Hallo? Jawoll, hier spricht Herr Aktionär Tägtmeier aus Gelsenkirchen, ich möchte bitte Herr Nordhoff sprechen, gefälligst. Wat is? Frollein, ich habe auch eine Besprechung, das is doch Blödsinn: stellen Sie durch und machen Sie keine Stücksken hier!

(beiseite) Blöde Ziege! Schreib mal auf, Emmil, daß wir das nicht vergessen tun, nächste Hauptversammlung: ›Sekretärin von Herr Nordhoff macht an Telefon freche Redensarten‹, – und die Dame da'n bißken auf die Sprünge helfen.

(ins Telefon) Wat is? Ob ich noch spreche? Ich habe ja überhaupt noch nicht angefangen, Sie!! Lassen Sie gefälligst Ihre dummen Zwischenfragen und möchte ich jetzt endlich Herr Direktor Nordhoff sprechen, verdammt nochmal!!!

(beiseite) Haste gemerkt, wie ich brüllen kann, was? Haha, ja Junge, das ganze Volksaktienwesen hat kein Wert, wenn man sich nicht durchsetzen tut, daß die da eben merken, daß sie es nicht machen können, mit uns. Sicher, der Nordhoff, das ist schon mal 'ne hohe Persönlichkeit, aber er muß es auch merken, daß wir jetzt ein Wörtchen mitreden müssen. Ne? Denkste dran: wenn ich sage: ›Jetzt spricht mein Kollege Ellersiek‹, dann richtig drauf – die ganzen Sachen, wat wir da auf'm Zettel geschrieben haben, vor allem, diese Aufsichtsrats-eh-löhne, was die sich da so inner Tasche schieben, daß wir es nicht dulden, wenn die ganze Konjunktur auf den Kleinaktionär seine Knochen ausgebügelt wird und die ganze …

(ins Telefon) Hallo? Ja, hier Tägtmeier am Apparat. – Was mein Anliegen ist? Na hören Sie mal: ich habe kein Anliegen, sondern es ist Gesetz und zwar es ist – eh – *(beiseite)* … laß mal schnell kucken, am Zettel –

(ins Telefon) … es ist der Paragraph 131 vom Aktiengesetz, das ist nicht mein Anliegen, sondern ein gutes Recht als Ihr Inhaber da! – Sie, werden Sie nicht kiebig: meine Familie hält ein Aktienpaket von 6 Stück inne Hand, das heißt, mit mein Schwiegersohn zusammen, – und vielleicht ist der Schreibtisch, wo Sie dran sitzen, das ist vielleicht gerade m e i n persönliches Eigentum! Jetzt nehmen Sie sich gefälligst zusammen, sonst komme ich da mal persönlich hin und kontrolliere bei Ihnen die Arbeitszeit, dann können Sie aber erleben! Ich will es Ihnen mal sagen: Herr Direktor Nordhoff ist mein Angestellter und da will ich jetzt mit reden und weiter gar nichts!!

(beiseite) ›Persönlicher Präferent‹ – wer weiß, was das für'n Pfeifenheini ist, aber dem hab ich vielleicht ganz schön Dampf gemacht, das kannste aber …

(ins Telefon) Hallo? Ja, hier spricht Herr Aktionär Tägtmeier, ich wollte gefälligst Herr Nord… – ach, Sie sind selbst am Apparat? – Ja, angenehm, mein Name ist Tägtmeier. Ich weiß es ja nicht, ob Sie schon mal von gehört haben, ich bin bei Ihnen Besitzer, ne? Wie geht denn, Herr Nordhoff? – Danke, mir auch. Das heißt, seit Sonntag hat meine Frau wieder so'n bißken inne Beine, ne, musse wieder Gummistrümpfe tragen; wir war'n Sonntag bei mein Schwager eingeladen und wie wir so zu Hause fuhren, da fing es an bei ihr, aber sie wird schon wieder klarkriegen alles. Ja – Herr Nordhoff, ich rufe an wegen – eh – gesetzlich, ne? – Paragraph 131 – wissen Sie ja Bescheid mit, nicht wahr? Ihre Bilanz, ne? –, wenn ich mal sagen darf: also gefällt mir gar nicht. Und zwar schreiben Sie auf die linke Seite – im Passiven – da schreiben Sie: »Posten, die der Rechnungsabgrenzung dienen!« Also Herr Nordhoff, das ist wie bei meine Gattin, wenn die mit die Haushaltskasse im Schwimmen kommt und hat die Hälfte vergessen, denn schreibt die immer ein: ›Suppengrün – 13 Mark 80‹, und denn weiß ich schon immer Bescheid, nicht? Oder hier die andere Sache: die linke Seite und die rechte Seite, ne? – das ist auffem Pfennig dasselbe! Ich meine, das merkt doch 'n Blinder mit'n Krückmann, dass da einer dran gedreht hat, das ist ja zu auffällig, bitte? – – Jawohl, mal sagen: ich weiß nicht, wie hier mein Unternehmen eben … eh: Kennen Sie denn unseren Buchhalter persönlich? – Ja? – Nicht daß der da seine Dinger dreht und das alles mit die Groschen

der werktätigen Bevölkerung, nicht wahr, – daß wir da vielleicht 'n bißken aufpassen, Herr Nordhoff! Und jetzt spricht mein Kollege Emil Ellersiek – der steht hier neben mir und wird – momentmal …

(beiseite) Nu los, Emmil, brauchste doch bloß ablesen, ne, und richtig mit Schmackes jetzt mal … wat is?

(ins Telefon) Moment noch, Herr Nordhoff, Herr Ellersiek ist gerade noch in eine Besprechung, ich stelle gleich durch!

(beiseite) Du hast die Brille nicht bei? Ja Kerl, wat bist du bloß für'n Blödmann, Mensch: jetzt kannste hier mal von der Leber weg und denn keine Brille! Gib her!

(ins Telefon) Also Herr Nordhoff, Herr Ellersiek ist gerade unpäßlich, ne? – und hat gebeten, daß ich seine Interessen hier, – ne – mitmache. Und zwar will er: da steht auffe rechte Seite ›Rücklagen‹ und da meint Herr Ellersiek, daß Ihnen das so passen könnte, ne? Sie machen da Rücklagen von unsere Pfennige, und uns fehlt nachher anner Dividende, ne, bitte? – Bitte? Ja nu, was heißt hier ›ein paar Jahre‹! In ein paar Jahre, da fahren wir vielleicht alle schon Mercedes, ne, vielleicht Sie auch, da interessiert kein Mensch mehr für'm Volkswagen und dann liegen unsere Mäuse da bei Ihnen auffe hohe Kante und fehlen mir und Herrn Ellersiek inne Urlaubskasse! Wie? – Invengstitionen, Herr Nordhoff: streuen Sie doch nicht mit solche Fremdwörter Sand inne Augen vonne Kleinaktionäre! Invengstitionen haben wir alle – ich meine, bei mir inne Gartenlaube ham wir neue Fensterscheiben und meine Frau hat jetzt oben die ganzen Zähne neu, ne, haben wir noch extra ein Goldzahn bei machen lassen für daß es schön echt aussieht – also das

sind auch Invengstitionen, ne: das ist eben Schicksal und kann ich auch nicht mit fremde Leute ihr Geld bezahlen; da müssen Sie schon mal Mensch bleiben und es eben … nicht wahr – also weiß ich auch nicht, aber jeden Fall: so geht es nicht, Herr Nordhoff!

Und dann noch eins: ich fahre ja selbst einen von unsere Wagen, – den 1300 in perlweiß mit Schiebedach habe ich mich geholt, ne? und da ist eine Beanstandung: Wenn bei mir hinten die feuchte Luft – wissen Sie, was ich meine, ja? – vorne ist es nicht so schlimm, das schaffe ich schon mit die Düsen, aber hinten, ne? – habe ich keine Düsen und da ist jetzt die feuchte Luft immer anne Scheibe – beschlägt da alles, daß ich gar nicht kucken kann, wenn mir hinten einer reinfährt, und bei die Kollegen ist es genauso. Ich sag die Tage noch zu die Kollegen, sag ich: wir werden auf die Hauptversammlung dafür kämpfen, daß wir hinten eine Düse kriegen für die feuchte Luft! Und daß ich das hier eben schon mal anmelden wollte. – Ja, Herr Nordhoff, ich habe hier noch einiges am Zettel, aber meine Zeit ist jetzt doch ein bißken knapp gemessen, daß ich lieber Schluß machen möchte. Wir sehen uns ja jetzt bei die Hauptversammlung, ne, da hab ich dann auch mehr Zeit und können wir über allem in Ruhe auseinandersetzen. Wiederhören, Herr Nordhoff, und alles Gute!

(er legt auf, dann beiseite:) Mann Mann, Emmil, wenn alle Volksaktionäre so wenig tuen täten wie du, was meinste, was die Herrschaften da oben dann wohl für'n leichtes Leben hätten!

Das Wunder der Liebe

Herrschaften, wissen Sie eigentlich, wat die sogenannte Liebe is?

Sicher, in Radio singen se immer, die Liebe wäre eine ›Himmels-Nacht‹; andre denken bei den Worte mehr an schräge Sachen, wat einem ja inne Jugend auch manchmal passiert is, dieser Sex, aber ich glaube, daß die Liebe in Wahrheit ein ungeheuret Dingens is, ne, ›Wunder‹ könnte man direkt sagen, weil man wundert sich doch immer wieder, wo man sich aus Liebe überall hinreißen läßt.

Vor allem, wenn Sie unse Mamma kennen täten! Die hat zwar inzwischen bißken abgenommen, 12 Pfund isse quitt mit diesen neuen Algenpulver, … dat muß man in ein Wasserglas einquirlen, schnell runterschlucken und dann wird dat heimlich im Magen zu Sülze, und da wird ein' so übel von, daß man ein Eisbein gar nich mehr ankucken kann, wenn einem nich schlecht werden möchte, ›Appetit-Zügelung‹ heißt dat wissenschaftlich und wie gesagt: 12 Pfund isse schon weniger wie früher, aber wenn ich se fottografieren will, muß ich immer noch Querformat nehmen, für daß sie bequemer auf 'n Dia paßt, wenn ich se nachher auffem Bettlaken werfe – mit'n Projektor. Rein seelisch betrachtet isse meistens sanftmütig, vor allem wenn wir kein Knies haben, aber m a n c h m a l , da k a n n die aber, mein lieber Scholli, die gellt mir jetzt noch inne Ohren von heute nachmittag, und bloß, weil ich nich ihren Drang zum Höheren ausbaden wollte.

Ich meine, daß bei uns Qualm inne Küche war, dat wurd ich schon gleich gewahr, wie ich zu Hause kam: Kein Essen am Herd, kein Bier am Tisch und – nich mal die Pantoffeln standen am Fernseher, wie et sich gehört. »Na«, denk ich, »erstmal nix sagen«, daß ich in Ruhe rauskriegen wollte, wat se hat. Und falls ihr die Elvira zu Ohren gekommen sein sollte, die bei uns inne Kantine als Essensausgabe is die zugange mit ihren engen Rock, ja bitteschön: dat war ein reiner Unfall – oder naja, 'n Unfall is ja meistens schmerzhaft und das war es nich direkt, eher sogar bißken angenehm, aber ein Versehen, woll'n mal sagen, oder ›Zufall‹, ne? Und dat könnte ich sogar vor Gericht, ne, könnte ich mir in diesen Falle ein Aliebi zurecht-eh-legen, weil rein versehentlich saß ich so da und hatte de Hände seitlich auffe Bank abgestützt, und wie sich jetzt die Elvira direkt neben mir hinpflanzte, da muß dat für de Kollegen wohl so ausgesehen haben, als ob meine linke Hand unter die Elvira ihr Dingens – eh, also eben unter die Dame drunter gewesen wäre. Aber sonst is nix passiert zwischen uns, nich mal gekniffen hab ich se, sondern ruhig abgewartet, bis daß se wieder aufgestanden is.

Also ich sag erstmal nix für unse Mamma, ham wir uns stattdem angeschwiegen, ich ganz höflich und sie – ja, vorne tat se noch ganz ruhig, aber hinten war se schon am Beben vor lauter Wut. Und dann auf einmal, wie ausse Pistole: »Warum hast du mir dat verschwiegen!« – Ich sag: »Mamma, da is nix zum Verschweigen, und außerdem hab ich von Tuten und Blasen keine Ahnung, watste meinst!« – Dat wüßte ich sehr wohl, war se dran, würde ja nich nur in meine Firma offen drüber geredet, sondern die Frau Ellersiek hättet ihr sogar in Konsum erzählt und ich sollte sie nich für noch dämlicher halten, wie sie sowieso schon wäre.

Ja, und in diesen Moment spürte ich doch, wie ein gewisset Grundeis, ne, also au Junge kriegte ich von diesen Grundeis eine ganz trockene Zunge in Hals und um ein Haar hätte ich alles ausgepackt – ich war schon aufgestanden und so als Vorhutmaßnahme bißken Richtung Türe, weil wenn die Frau am Schmeißen fängt – ich meine, dat is ja nich der Sinn der Ehe, daß man als Mann dann die Brocken am Kopp geballert kriegt.

Aber Gottseidank hat sie dann noch rechtzeitig die Katze aussen Sack gelassen, und zwar gar nich meine Hand unter die Elvira, sondern dieser Kursus für Lehrlings-Ausbilder, wo man hinterher diese dösige Prüfung machen muß, der Ellersiek hätte sich angemeldet dafür und ich hätte zu Hause nich ein Wort dadrüber!

Ich sag: »Aber Mamma, da brauchste wirklich keine Angst haben, daß ich bei so'n Käse mitmache: Zweimal inne Woche drei Stunden abends auffe Schulbank und du hier alleine zu Haus und dann passiert vielleicht 'n Mord in Fernsehen und du hast keinen für zum Festhalten – dat kann ich dir nich antun.« Und außerdem, sagt ich, wär ich kein Affe, ne, ich tu ja schon drei Jahre lang Lehrlinge ausbilden – wat soll ich dafür noch 'ne Prüfung machen!

Und da isse nu erst richtig in Fahrt gekommen: Dat täte mir überhaupt nix schaden, außerdem kriegte ich ein viel schöneres Ansehen inne Firma und wenn bei uns de Arbeitsplätze auch mal knapp würden oder ich wollte mal die Firma wechseln, dann hätte ich mit so'ne Prüfung viel bessere Chancen – all so'n Zeug war se dran, wat der Ellersiek seine Frau auffe Nase gebunden hatte und die hattet dann gleich wieder brühwarm, ne?

Vor allem, meint de Mamma, wenn der Ellersiek die Prüfung machen täte und ich nich, dann würde seine Frau nachher bei'n Metzger immer de schönste Koteletts kriegen und noch als erste bedient, denn der wär' dann ja mehr wie ich, der Ellersiek, und so Leute würden doch überall mit Puderzucker … Wenn ich mich nich freiwillig, sagtse, dann würde sie eigenhändig bei uns in Betrieb kommen und mit mein Chef, ne, daß der mich unter Druck setzt.

Naja, also dat wollt ich lieber auch nich – nachher macht inne Firma einer 'ne Bemerkung wegen die Elvira – und da hab ich mich eben breitschlagen lassen, dat ich den Kurs und die Prüfung, kann ich in meine beste Jahre nochmal wieder anfangen mit Schularbeiten! Aber der Haussegen hängt wenigstens wieder gerade, Essen hat se auch schon gekocht, bloß ich muß den sauren Appel jetzt auslöffeln … ach ja; wat tut man als Mann nich alles aus Liebe zu seine Frau, dat is ährlich ein Wunder!

Übrigens: bevor sich die Elvira dat nächste Mal neben mich setzt, tu ich bestimmt beide Hände inne Hosentaschen, aber mindestens!

Ein Geschenk überreicht von Adolf Tegtmeier

So, Oppa, also herzlichen Glückwunsch zu Deinem 73jährigen Wiegenfeste namens der ganzen Familie Tegtmeier … Hört der überhaupt? *(betont laut)* Hörst Du mich? – Hast – Du – ein–geschal–tet? – Ja, dat du dein Knopp im Ohr hast, dat seh ich auch, aber bei dir weiß man ja nie, ob deine Horchmaschine da auch am Laufen ist! *(wieder normal)* Also Oppa, zu deinen heutigen Jubeltage äh … haben wir alle die Mäuse 'n bißken zusammengelegt für einem Geschenk, was deinen Lebensabend, woll'n mal sagen die paar Jahre, die du noch hast, daß du da als glatter Mensch dein arbeitsreiches Leben auf eine ganz bequeme Weise beschließen kannst, und zwar elektrisch.

Ja nä, wart mal, Oppa, hier ist noch nicht das Geschenk – Klaus-Jürgen, mach mal eben dat Papier von weg, wirf die Stecknadel im Ascheimer –, sondern is erstmal der Blumenpott, da is leider ein kleines Malheur mit passiert, durch diese dösige Frau Koenen. Ich bin doch mit'n 17er Bus gekommen, hatte ich den Topp so neben mir auffem Sitz gestellt und guck so aus'm Fenster, auf einmal sagtet neben mir: »Ja Herr Tägtmeier, sind Se't denn wirklich?!« – die dicke Koenen und schon saß se mit ihren Hintern in mein Alpenveilchen. – Aber, Oppa, es kommt trotzdem vom Herzen, auch wenn paar von die Blümkes nicht mehr ganz wie neu aussehen, aber mitte Blumen is ja wie mitte Menschen: Manchmal werden die Ableger noch schöner wie die Eltern; wie du ja gerade heute im Kreise deiner lieben Kinder auch bescheinigen kannst, Oppa. Is man bloß gut, daß der Blumen-Küppers bei uns anne Ecke keine Atzaleen mehr hatte, denn die wären ja für dem Gesäß von die dicke Koenen wirklich zu schade gewesen, das hätte einen denn doch leid getan. Das heißt, wie ich sie wieder hoch hatte vom Topp, da war ihr richtig peinlich, ne, und ließ sie auch gleich gratulieren und wünscht dir allet Gute.

Aber nun, ich glaub, jetzt woll'n wir endlich mal unsern Hauptgeschenk da aus'm Sack lassen, d.h. aus diesen schönen Luxus-Etwie oder – Lisbeth! – soll'n wir unsern alten Invaliden hier noch'n bißken zappeln lassen?? – Ja, ich werd' ihm mal so wie der »wunnebare« Onkel da in'n Fernsehen … werd' ich ihm mal auf die Sprünge helfen, paßt mal auf! – Oppa, tu mal raten: Es ist eine scharfe Sache und gut für die Männer! Waaa? Kuckma, wat die Gerda jetzt rot wird! – Gerda! Is nix Schlimmes, Gerda, dat hast du bei dein Mann auch schon gesehen!

Oder noch spannender, Oppa, weißt du wieviel Haare dat du hast? — Nich auffen Kopp, da is ja bei dir sowieso Tombola rosa, da is ja nix mehr los, dat is klar, aber dein Bartwuchs, Oppa, hat mir der Radio-Öllers erzählt, wo ich dat Dingen von geholt habe: »Ihr Schwiegervater«, sagt der, »hat 15.000 Haare!« Ich sag': »Sie kenn' doch unsern Oppa gar nicht!« – »Nein«, sagt er, »aber das hat die Wissenschaft erfunden, daß der menschliche Bart aus 15.000 Stück besteht, könnense selbs nachzählen! Ja, jetzt stell mal vor, Oppa, wenn du da mitte Schere beigehen müßtest – jedet Här'ken einzeln abknipsen – dat wär vielleicht eine Malooche, da könnste aber Überstunden machen (und kriesst dat nicht geschafft).

– Weißte jetzt Bescheid?? – Kuckma, wat hier am Etwie steht: ›Philipshave 3‹! Komm ich werd' den Kasten mal offen machen … so!

Jaaaa, jetzt biste am Staunen, wat? Kumma – der Oppa wie ein Kind, am Weihnachtsbaum strahlt er sich da ein'n weg! Ja weißte – eigentlich ist dat ja auch nich ein Geschenk für so alte Männer wie Du, sondern meistens schenken sich dat ganz feine Leute, ne, mal sagen Playboys – die müssen ja immer schön glatt im Gesicht sein, weil die ja dauernd mit so teure Weiber schmusen, und die woll'n sich ja auch nich verkratzen lassen, dat alle Welt merkt, wat los is. Oder diese berühmte Filmstars und Fernsehkanonen oder so Herren im Frackanzug. Aber dat kann dir egal sein, Oppa, Hauptsache, is vorbei, was die Omma immer so am Schimpfen drübber war: Entweder du tätest rumlaufen mit ein Antlitz wie ein Kaktus, oder wenn du dich rasiert hättest, dann sähe die Küche aus, als ob da'n Schwein verblutet wäre. Da is jetzt Schluß mit: Kuckmal hier, drei Dobbasse sind hier dran – ›Scherknöpfe‹ oder wie die heißen, die pesen dauernd im Kreis rum mit ein Affenzahn und sind ganz weich, ne, schön gefedert alles und läuft ganz prima ruhig, also daß dir beim Rasieren vielleicht die Zähne rausfallen, da brauchste gar keine Befüchtungen zu haben. Und grade dieser Philips hier, dat haste ja bestimmt auch schon inne Bildzeitung gelesen, da steht dat ja immer gleich neben den Mord auffe erste Seite, ganz oben inne Ecke, ne, schreiben die auch immer, daß dieser Apparat, der schmiegt sich am Gesicht an wie ein … Dingens also, woll'n mal sagen: als Mensch hat man doch so empfindliche Stellen, auch am Hals zum Beispiel, aber

2013

da schmiegt sich diese Maschine hier an, dasset richtig schön is für diese Stellen, ja nä … also, ich hab' ja denselben Apparat, vor zwei Monate hab' ich mich den geholt, und seitdem, ne – kannste unse Mamma nach fragen, da hat die auch keine zerschnittene Beine mehr und isse so glatt wie Du auf Dein Kopp, ehrlich!

Jetzt aber eins, Oppa, mußte aufpassen für, daß du nich machst wie der Paul Zichorsky, diesen alten Blödmann, der hat den nämich auch gekauft, diesen Rasierer, weil er'n bei seinen Chef gesehen hat. Naja, ihr kennt ja den Paul alle – issen ganz netten Menschen, aber geistig, woll'n mal sagen: mitte Intigenz, ne, da is der ja nich so ganz gut zu Fuß mit. Den hat nämlich sein Sohn erzählt, daß man sich mit so ein Ding auch inne Betten rasieren könnte. Ja, jetzt den einen Sonntag, wie er den Apparat ausprobieren wollte, ne, isser ganz früh leise aufgestanden – seine Frau, die Elly, die war noch am Pennen – isser auffe Toilette und hat sich dat Gesicht alles schwer eingeseift, ganz dicken Schaum gemacht. Dann hat er dat Dingen hier geholt, is wieder inner Koje mit und hat am Rasieren angefangen. Ja mein lieber Scholli, wat meint Ihr wohl, wat da los war: Die Elly sagt, eine solche Schweinerei hätte sie in ihren ganzen Schlafzimmer noch nich erlebt! Und denn hat sie den Philips genommen und hatten den Paul so richtig mit Schmackes übern Ballon geplättet. Und da war er natürlich kaputt. Also nicht der Rasierer, sondern den Paul sein Bummskopp – mußter genäht werden, im Josephs-Krankenhaus, mit zwei Klammem. Ja, jetzt war der Paul am Fluchen: »Von wegen ›Glatter glatt‹«, sagt er, das wär alles bloß Reklame und könnte man ja sehen, wo dat

Dingen für gut wäre. Ich sag für ihn, sag ich: »Na und?« Ich sag: »Den Willy Ellersiek, den Emmil sein Bruder, den ha'mse neulich auffe Kirmes mitte Weinbrandflasche dat Zifferblatt justiert, dem fehlt sogar 'n Stück vonne Nase! Bitte!«, sag ich, »dat is natürlich nich schön, wenn man plötzlich so'ne Flasche zwischen die Zähne hat, aber dat heißt doch nicht, daß der Verschnitt nix taugt, der vorher drin war!«

Naja, Oppa, du warst ja schon immer 'n ganz schlauen Hund, also dir wird sowat sich nich passieren, ne, denkste dran: Jetzt kommt noch wat Schönes, mit die Einseiferei is vorbei, sondern s o trocken, wie der Herrgott dein Bart wachsen läßt, so trocken tuste'n auch lassen, hauste einfach die Spiralschnur hier inner Steckdose drin, hier unten am Apparat is dat Knöppsken für zum Saft einschalten, und dann kannste man kucken, wie schön dat is mit diesen neuen Rasiergefühl. Wirste richtig noch so'n Hans im Glück auf Deine alten Tage, ich meine, Du hast ja auch verdient.

Dat heißt, is noch eine Kleinigkeit: Du bist ja schon 73 jetzt, noch ganz gut zuwege, sicher, aber dieser Philipschäve 3 da hat ja eine ungeheuer lange Lebensdauer. Also könnte sein, nicht wahr, wir wollen es nicht hoffen, aber schließlich sind wir ja … sind wir ja alle mal … dran, dat kann uns genauso passieren, daß mit den Lebensfaden dann der Bart eben endgültig ab is. Aber wie gesagt: Tu dich nicht bekümmern dadrum, daß wir jetzt diese Ausgabe hatten und du vielleicht gar nicht … so lange den Genuß … dat is nich, weiter schlimm, Oppa, wir tun es gerne für dich und schließlich: unser Manfred is ja jetzt auch schon vierzehn – in zweidrei Jahre braucht der ja auch schon so’n Dingen und dann hat er eben sein Leben lang immer eine schöne Erinnerung an sein lieben Oppa!

Ach, kumma, jetzt ist er ganz gerührt – nä, komm, bleib sitzen, Oppa, mußte jetzt nicht zum Bedanken anfangen: Is wirklich gern geschehen, ehrlich! Alles Gute!

Für festliche Anlässe

Hochgeehrte Herren, werte gnädige Frauen, geschätzte Festversammlung!

Im Rahmen meiner Eigenschaften möchte ich hiermit das deutsche Ruhrgebiet die schönsten Grüße von überdingsen – eh, dat heißt: mitteln, ne, übermitteln und meinen Ausdruck verleihen, daß Sie hier schön amüsieren tun und aus diesen feierlichen Anlasse mal anständig einen draufmachen, auch namens meiner Frau und meiner selbst, vor allem, weil ich persönlich mal als ganz kleiner Hagener angefangen habe, ne …

Unse Mamma, die ja dankenswerterweise auch für heute abend hier eingeladen war von Ihren Obermacker, läßt ihr aufrichtiges Bedauern leider entschuldigen, aber sie is nich mehr rechtzeitig fertig geworden mit'n Einwecken.

Und zwar hatte ich ja vorgestern bei mein Schwager noch dat Schwein abgestochen, weil hinter den sein Haus wird ja jetzt der neue Autobahnzubringer – stand ja auch inne Zeitung, ne, daß der da jetzt gebaut wird, und deshalb muß mein Schwager den Stall abreißen und wäre das Schwein sonst obdachlos geworden. Sicher, dat paßte uns gar nich, aber ich bin ja bei mein Schwager immer mit 50 Prozent – krieg ich immer die eine Hälfte von und umgekehrt auch: wenn ich eins füttere, kriegt er die andere Hälfte. Naja, wissen Se ja selbst: ein totes Schwein darf man nich warten lassen, sonst schmeckt nachher die Leberwurst und Blutwurst – dat muß ja gleich weg. Und nu hatte unse Mamma auch noch

Pech gestern abend – waren ihr sechs Gläser wieder aufgegangen. War se fast am Heulen! Ich sag: »Ja wovon kommt das denn! Weil Du immer die alte Gummis wieder nimmst! Weil die Gummis vom Wirtschaftsgeld gehen, biste zu geizig für!« Ich sag: »Siehste, hätt'ste Dir neue geholt …« – dat sind von uns zwei Minuten bis zum Konsum, aber nein, und wie gesagt: kann meine Gattin wegen diese Gummis heute abend hier nicht in Ihrer Mitte verkehren, aber dat nächste Mal, ne, wenn Sie wieder so ein Fest haben, dann wird sie gerne Folge leisten und aufpassen, dat ihr kein Schwein in die Quere kommt.

Ehrlich, also ich war richtig froh über Ihre geschätzte Einladung, daß ich dadurch rauskonnte aus den Affenstall zu Hause. Junge, wat glauben Sie, wie't bei uns inne Küche aussieht: sogar übern Fernseher hingen noch die Kunstdärme! Nee, geh mir weg! – Grade wie ich losfahren wollte, hierher, schon in schwatten Anzug, da is unser Fritjoff, der Kleine von meine Tochter, da hat der mit sein Ärmchen noch in die heiße Wurstsuppe gehauen, richtig mit Schmackes. War er natürlich am Quaken und die Weiber am Jammern – wär' keine Brandbinde im Hause … ich sag: »Wat heißt hier Brandbinde! Ich bin 54 Jahre alt geworden ohne Brandbinde!« … und hab ich mich den Kleinen geschnappt, Kartoffelmehl mit eingepudert, da war dat Kind schon fast wieder genesen, jaaa – der weiß aber auch, wat er an sein' Oppa hat, der Junge. Bloß den schwatten Anzug mußte unse Mamma wieder ausbürsten, weil das Kartoffelmehl an meiner Hose nich spurlos vorübergegangen war, jeden Fall bin ich glücklich, heute abend hier die Anwesenheit in diesen erlauchten Kreise, ne, is schön, daß ich hier bin.

Und zwar paßte mir dat auch gut im Kram – studienhalber, ne? Kann ich gleich mal kucken, wie Sie sich hier benehmen tun, die ganze Sitten und Gebräuche der feinen Gesellschaft, ne, wollte ich mir immer schon mal 'ne Scheibe von Ihnen abschneiden. Weil bei uns im Taubenverein – dat heißt, dat is noch nich offiziell, aber ich glaube, der Vorstand wird schon nächste Woche oder halt, es kann auch sein übernächste, daß wir da Beschluß fassen, daß wir unsern nächsten Ringelpietz auch mal so wie hier, ne, in vornehmen Rahmen soll das über de Bühne gehen. Ja, dat letzte Mal hatten wir dat als Lampionfest aufgezogen draußen inne Gartenkolonie, aber ehrlich: dat war nich halb so feierlich wie hier. Allein schon wegen die Insekten. Sie kamen ja als Kawalier, da kamen Se ja beim Tanzen gar nich dazu, die Frau in einer gepflegten Konservation zum Verwickeln, weil Sie der Dame dauernd die Mücken vonne Backe hauen mußten. Und dann die Stelle, wo dat Bierfaß stand, die war so schlecht beleuchtet, – da haben sich einige Herrschaften und leider muß ich sagen: auch meine eigene Tochter war dabei! – die haben sich da auf Kosten der Allgemeinheit so schnell vollaufen lassen, daß die übrige Mitglieder ab 10 Uhr trocken standen, und das würde ja hier in Ihrem Rahmen sicherlich auch nicht geduldet werden.

Und deshalb woll'n wir unser nächstes Fest auch mit Zwang, ne, den woll'n wir da mal richtig walten lassen. Und zwar ha'm wir einen im Verein, der hat mittlere Reife, und der hat uns erzählt, es gäbe da so ein gewisses

Etikett von eine Frau – ich glaube, Pappritz heißt die, aus Bonn, und dieses Etikett muß man … ja, also wie dat jetzt genau funktioniert, weiß ich auch nich, ob man sich dat aufklebt – jeden Fall wird man dadurch ein feinerer Mensch und kommt man auch in diesen Zwang. Und zwar gibt es vier Sorten von Zwang, wo sich auch die Regierung oder diese ausländische Stellvertreter in Bonn, wo die sich immer dran halten müssen: Schlipszwang, Weinzwang, Sektzwang und Frackzwang!

Jetzt, den Schlips, ne, den habe ich schon durchgeboxt, da gibtet gar kein Vertun: wer dat Geld hat für Tauben zum Halten, der kann sich auch ne Krawatte kaufen, und für soziale Fälle – wir ha'm da zwei Vereins-Veteranen, die in' Altersheim sind, da wird ausse Vereinskasse ein Schlips-Beihilfe-Verfahren … dat is schon beschlossen, müssen se bloß die Quittung von' Kaufhaus vorlegen und kriegen se für eine Krawatte jährlich zweifünfzig Zuschuß. Mein Kollege Ellersiek wollte ja sogar den Frackzwang, weil er nämlich von seinen Oppa noch 'n alten Gehrock hat und wollte er mit diesen dann die erste Geige spielen, aber diesen Frack habe ich persönlich den Riegel vorgeschoben. Ich meine, so'n Frackanzug – hab' ich inner Vorstandssitzung auch offen gesagt, ich sag: »Sowat kann ich mir leisten, wenn ich meinswegen Oberkellner bin oder vielleicht auch Bundespräsident, da gilt ein Frack ja dann als Arbeitsklamotten!« Aber bloß für unse zwei Feste im Jahr – dat war doch Blödsinn! Ich meine, wat kostet so'n Dingen alleine an Mottenpulver!

Aber – ich sag: »Wenn wir als Taubenfreunde schon den Esteblischment hier beitreten wollen: den Sektzwang, nich wahr, den könnten wir uns leisten!« Ich meine, Sekt schmeckt ja auch besser wie so'n Frackanzug, hat auch schön Prozente, also daß man auch gar nich so viel von braucht, bis man besoffen is – das wäre eine schöne Bereicherung für unsern feinen Benehmen. Und auch kostenmäßig –, da gibt es jetzt grade im Diskont-Laden inne Hüttenstraße, »Mini-Preise«, da gibtet jetzt ein Sonderangebot von französischen Obstschaumwein: zwei Mark 39 die Flasche – ich sag' so im Vorstand: »Da könnten wir jetzt zugreifen, Herrschaften, für daß wir unser Gesellschafts-Ansehen und auch unsere Vornehmheit könnten wir dadurch Schluck um Schluck erhöhen!« Aber wie gesagt, das wird noch beschlossen.

Ich meine, dat sieht man ja auch hier bei Ihnen sehr schön, ne, wie der Sekt so mit seine perlende Lebensfreunde hier alles schön am Laufen hält. Dat kann man ja auch im Fernsehen – hab ich dat schon öfter gekuckt, »Schirm, Scham und Melone« zum Beispiel oder auch Singstücke: »Fledermaus« – ne, da sind die feine Herren ja auch immer mit diese spitze Gläser zugange und schmeicheln sich mit den Sekt in die Damen ein. Oder wenn Se schon mal Kniest haben und einer den andern auffen Tod nich verknusen kann, tja – dann haun die sich nicht einfach inner Fresse in so feine Kreise oder schmeißen sich da Kraftausdrücke am Kopp, Schimpfworte, sondern da nimmt man sich ein Glas Sekt und gießt es dem betreffenden Herr inner Visage. Dat tut nich so weh wie'n Kinnhaken und is auch angenehmer im Geschmack und weiß der Begossene trotzdem ganz genau, daß der andre glaubt, er wäre ein dummes Schwein. Das is auch ein Grund, warum wir diesen

Sektzwang im Verein da gerne hätten. Können wir uns vielleicht sogar die Funkstreife durch ersparen.

Jetzt kommt allerdings noch eins dabei – da bereite ich persönlich einen Antrag vor, und zwar: wenn wir uns da mit unse Frauen vergnügen, auf unsern Fest, was wir dann mitte Damenoberbekleidung machen, also wie man die Weiber einigermaßen anständig zurechttrimmen könnte, dat dat auch nach wat aussieht. Da hab' ich auch schon mal gekuckt, wie Sie dat hier so geregelt haben. Kucken Se, bei uns is ja so: viele Frauen schneidern selbst und zum Beispiel unse Mamma, ne, die hat sich für gut – also für sonntags oder wenn man mal inner Wirtschaft geht, da hat die sich ein Kleid zurechtgeschustert – also ehrlich, dat können Sie von einem echten nich unterscheiden. Höchstens hinten, ne, da is der Reißverschluß 'n bißken knubbelig geworden, aber dat hat man ja manchmal in' Kaufhaus auch, dat is ›menschliches Versagen‹. Aber jetzt gibt' zwei Probleme: einmal die Länge und dann hier oben anne Brust, wie weit man da gehen kann.

Sie wer'n den nich kennen, unser erster Vorsitzender, Lehrer Klümmkes heißt der, ja, den seine Frau is eine Maschine, die hat mindestens ihre 180-190 Sachen drauf und die Frau sagt dat auch selbst: sie täte schon seit Jahre nix mehr essen, aber sie wäre ein so guter Futterverwerter, daß sogar der Essensdampf inne Küche – da würde sie schon von zunehmen. Und nu is doch jetzt diese kurze Mode, ne, mit nackte Knie … tja, also die Frau Klümmkes, die würde einen mit ihre Schenkel doch glatt umhauen, wenn man sich das ein' Abend lang bekucken müßte. Tja, wenn wir jetzt aber bestimmen:

Lange Kleider! – dann würde uns aber die Jugend garantiert, ne, würde die uns vonne Fahne gehen. Kann man auch verstehen als modernen Menschen, bitteschön: wenn ein Mädchen schon mal ein sauberes Fahrgestell hat, daß die dat solange zeigen möchte wie't irgendwie geht; schließlich ist man ja auch als Familienvater trotzdem noch ein Mann, irgendwie. Gut. Aber jetzt hab ich gelesen, neulich bein Zahnarzt in' Wartezimmer, daß es besonders modern wäre, wenn die Frau auch zum abendlichen Vergnügen einen Hosenanzug anhätte, und den will ich jetzt durchsetzen bei uns im Verein: bis hundertvierzig Pfund is alles erlaubt, was dadrüber is, kommt in Hosenkleider. Und will ich beantragen, daß wir an einen der nächsten Vereinsabende mal unsere Frauen in aller Ruhe gemütlich durchwiegen – der Gemüsehändler Schwinkowsky hat so'ne kleine Dezimalwaage, die kann der mitbringen, und dann wird das geregelt, daß – woll'n mal sagen: das Vergnügen fürs Auge, daß das alles seine Ordnung hat und trotzdem dieses Etikett schön gewahrt bleibt.

Aber jetzt wird dat – ich glaube: »deliziös« heißt dat Fremdwort für die weibliche – eh – also hier vorne, ne, wissen Se ja Bescheid. Und zwar sagt der mit die mittlere Reife, der sagt: Auf der Abendstoilette müßte die Frau schon mal bißken zeigen, wat hier oben los is. Mit den sogenannten Ausschnitt. Also wer vorne genug hat, der könnte ein Kleid ohne Schultern anhaben oder auch mit ein' langen Schlitz zwischen der Brust hindurch, und wer vorne zuviel hätte oder gar nix, der müßte dann eben den Rücken zur Verfügung stellen, daß des Menschen Auge sieh dadran laben kann. Tja, aber wat soll man da jetzt für Vorschriften erlassen oder Gebrauchsanweisungen? Ich meine, die Kleiderlänge, die kann ich ja wiegen, aber wie kriegt man jetzt als Verein die Sachen hier vorne im Griff? Glauben Sie, das is ein Problem, also da träum' ich manchmal direkt von! Sicher, Sie ha'm dat hier alles prima gelöst und möchte ich meine Hoffnung verleihen, daß mich die eine oder andere Dame im Laufe des heutigen Abends noch anregen könnte, um unsere Vereinssorge eine gerechte Lösung zuzuführen.

Aber wie gesagt, sonst gefällt es mir hier ganz prima bei Ihnen, auch die Verpflegung hat richtig hingehauen, und dürfen Sie versichert sein, daß ich Sie in meinen Taubenverein immer als Vorbild leuchtend an der Wand malen werde!

Richtfest

(leicht larmoyant) Ach Junge, Sie, dat is heute vielleicht wieder mal eins von diese Richtfeste, – wo … entschuldigen Se mal:

(beiseite, leiser) heh Willfried, du hast doch noch junge Beine, komm: siehste da drüben auf den rechten Tisch die halbe Pulle Schnaps, die da rumsteht? Geh da doch mal ganz stikum dran vorbei und tust se unter de Jacke, bringst se hierher – ich nehm se dann mit für inne Bude, daß wir morgen auch noch wat haben. Is klar? Und Willfried, komm nich direkt wieder her, sondern gehste erst auffen K l o und d a n n , ja? Dann fällt dat nich so auf. Gut.

(wieder direkt, leicht larmoyant) Ja, wat wollt ich sagen – – ich muß immer 'n bißken für de Kollegen sorgen, weil wenn mal einer Bauchkneifen hat oder is mitten Magen übersäuert oder so, dann muß ich ja Erste Hilfe leisten inne Baubude, weil ich doch ein ganz langjähriger – äh – »Polier« wäre vielleicht zu hoch gegriffen, aber ein langjähriger Vertrauensposten bin ich. Und deshalb muß ich meine Augen auch hier auffen Richtfest überall haben, schön aufpassen, daß nix umkommt, kein Material verschwendet wird, oder wenn ein Kollege schon mal bißken schwerer besoffen is und will trotzdem mit sein Wagen losfahren, dann nehm ich ihm vorher schön de Schlüssel ab, damit die auffen Heimweg nich immer als Todesursache durch de Gegend schaukeln, und mein Chef – fehlen dann hinterher die Arbeitskräfte.

Aber dat is manchmal gar nich einfach, Sie: Dat vorletzte Richtfest war dat, wo der Karl Zichorsky seine zweieinhalb Zentner so richtig von innen mit Steinhäger gebadet hatte – dann kriegt der ja so erstmal de humorige Tour, hatte er die Gattin von Architekten de Perücke stiebitzt und unsern kleinen Achmed aufgesetzt, Junge, Du – der mit seinen schwatten Türkenschnäuzer und dann diese rote Luxuslocken: dat sah aus wie alle drei Musketiere in Kintopp auf einmal und war ein voller Heiterkeitserfolg! Aber dann wird der Karl ja ganz plötzlich kriegt der diese Edelgefühle mit Tränen inne Augen und will ganz schnell zu Hause bei seine Lieben, sagt er so in sein' besoffenen Kopp. Und dem dann die Schlüssel abnehmen, dat war ein richtiget Problem war dat. Erst hab ich mit gütlich Zureden und Sanftheit: »Du blödes Schwein«, sag ich, »wenn du jetzt inner Tüte pusten müßtest, dann fliegt doch dat halbe Eisbein mit raus! Vom Sauerkohl ganz zu schweigen!« War er nich zugänglich, meine gute Absicht, im Gegenteil: wenn er eine Funkstreife sehen täte, sagter, dann würde er die mit Schmackes auf de Stoßstange nehmen, bevor die wat machen könnten, da wär er schon lange scharf drauf. Ja, mußte ich leider härtere Wörter aus»stoßen«, ich sag: »Wenn du mir nich sofort deine Schlüssel gibst, dann sag ich hier ganz laut, wo damals die ganze Kacheln geblieben sind!« Hat auch nix genützt, in Gegenteil, hab ich mir nur ein Kinnhaken eingefangen. Und da mußte ich eben zu diese »Lokal-Amnestie« greifen, ne ›örtliche Betäubung‹: Drei Dachdecker haben ihn festgehalten, den Karl, und dann hat unser Einschaler den Eingriff mit ein Stuhlbein vorgenommen: Hattet ihm ganz vorsichtig so lange über de Rübe gehauen, bis der Karl im Nirwana richtig zu Hause war, und dann konnte ich ihm endlich sein Mordwerkzeug ausse Hose holen, also de Schlüssel.

(mies) Heute is noch nich so weit, die sind auch 'n bißken knickrig diesmal mitte geistliche Getränke; sonst hatte ich um die Zeit schon immer drei-vier Pullen Schnaps beiseite, heute sintet erst anderthalb und anne Zigarren bin ich überhaupt noch nich rangekommen. Aber dat könn' Se überall beobachten: *(flüsternd)* die Bauherrn sind heutzutage auch nich mehr, wat se früher mal waren, rein an Qualität. Momentmal …

(beiseite, leise) Kommal Jupp, siehste da drüben dat Fläschken direkt neben de Blumenvase? Is zwar nich mehr viel drin, aber wensse schnell bist, merkt dat keiner. Weißte Bescheid, ne?

(wieder direkt) Nä ährlich – mitte Bauherren nix wie Ärger inne letzte Zeit, vor allem, wenn se so dauernd auffe Baustelle rumkriechen, die Nase in jeden Zementsack stecken, von nix ne Ahnung haben, aber überall mitquaken wollen. Wenn früher einer ankam und sagte: »Hören Sie mal, warum steht denn hier diese Wand schief?«, denn hat man gesagt: »Die steht nich schief, die is eine optische Täuschung, und zwar liegt dat dadran, weil dat Zimmer am Fußboden fünf Zentimeter breiter is wie anne Decke!« Und hat man 'n Zollstock geholt, den Herrn dat schön vorgemessen, und dann war der beruhigt. Aber heute glauben die einem nix mehr.

Letzte Baustelle zum Beispiel, da hatte ich vielleicht ein Tanz mit so einen Krümelkacker, Kneusper hieß der, wissen Se, einen von die Sorte, die beim Fundamentgießen hergehen und mitte eigne Finger die Z'arettenkippen aussen feuchten Beton rausprockeln und einen dabei angucken, als hätte man ihnen auffen Teller gespuckt. Wie wir anfingen bei dem, da war der die erste Tage morgens schon vor uns auffe Baustelle und sammelte die Kronenkorken von Vortag auf und war sich über jeden Käse am Aufregen: »Muß das denn sein? Ist das richtig so? Warum wird das nicht gemacht?«– Eines Tages plötzlich – war er weg, hatte er sich so richtig 'n Magen angeärgert. War'n wir natürlich froh und der Architekt war auch zufrieden. Ham wir dat Haus in Ruhe hochgezogen, richtig schön mit Vollwärmeschutz sogar, die Zimmerleute waren schon bein Dachstuhl und wie der Deuwel so spielt: plötzlich war der wieder da – genesen! Und zwar wie: Ja, wir hätten seine Styropor-Platten geklaut! Also, erstmal stimmte dat gar nicht, und zweitens: die paar Dinger für meinen Dachboden zu isolieren, da konnte er ja gar nix von wissen. Deshalb sagte ich auch gleich: »Die haben wir verbaut«, sag ich, »so knapp wie die bestellt waren – da is nix von über geblieben.« – Wo denn? Er wär im ganzen Bau durch alle Räume gepeest und hätte nix entdecken können. Ich sag: »Dat is doch der Witz bei Styropor: daß man dat nich sieht und trotzdem hat – dat sitzt inne Außenwände für gegen Kälte und inne Zwischendecken als Trittschall-Isolierung.« Ich sag: »Styropor is doch: wenn Sie eine Omma haben, dann kann die im ersten Stock im Nachthemd auffe Nähmaschine Tretroller fahren, und zwar im Winter.« Warum? Erkälten kann se sich nich wegen de Wärme, und zu hören isse nich wegen den Schallschluck. Kuckt der mich an wie so'n Auto.

Nu wollt' ich ihm dat wissenschaftlich, wenigstens mitte Wärme, weil die besteht ja aus Strahlen, ne, und wenn ich mich zum Beispiel in ein Zimmer stelle und lasse so ein Strahl gegen 'ne normale Wand sausen, Sie, dann fegt der aber mit ein Affenzahn ab durch de Tapete und den Innenputz, krabbelt durch de Steine und den Außenputz, und wenn der erstmal draußen is, so'n Strahl, dann brauchen Se da gar nich hinterherzulaufen, den sehen Se nie wieder. Wenn die Wand jetzt aber richtig isoliert ist, dann wirkt dat Styropor ... – – wie so'n Ping-Pong-Schläger: Jeder Strahl, der raus will, kriegt von die Platten eins vorn Ballon gehauen und muß wieder zurück im Zimmer, und da sammelt er sich dann mit seine Kollegen und verbreitet diese berühmte Behaglichkeit. – »Ja und?« sagt der Bauherr, dieser Kneusper, »wie kann ich feststellen, ob Sie dat Zeug wirklich verarbeitet haben?« Ich sag: »Ganz einfach mit Ihre richtig normale Brieftasche! Sie lassen sich nochmal genau so'n Haus bauen wie dieset, aber o h n e Styropor, und wenn Se dann in d i e s e n Haus hier weniger heizen müssen als in den andern ...« – wollt' er auch nich ran.

Da hab ich ihn mit an ein Fenster genommen, die Rahmen waren noch nich drin – ich sag: »Dann müssen Se eben die Mundprobe machen: Fassen Se mal mit eine Hand da nach draußen auf die Verblendsteine, und dann hauchen Se hier von innen gegen den Putz, und wenn Ihre Hand draußen warm wird, dann haben wir Sie angeschissen!«

Sie, drei Stunden lang hat der versucht, wir saßen unten auf den Altholzstapel und ham die ganze Zeit zugekuckt, bis sein Kopp aussah wie 'ne Tomate, die nich mehr schnittfest is, und dann isser auf alle Viere über den frischen Estrich ab in sein Auto.

(beiseite) Momente mal. Augenblick. – Wat is? Womit seid Ihr erwischt worden, mit zwei Kasten Bier? – Junge, dat is ein Mißtrauen bei de Bauherren heutzutage! *(leiser)* Dann sammelt wenigstens de Senfpötte ein, 10 Eisbeine hab ich inne Aktentasche, aber ohne Mostrich schmecken die ja auch nich so kalt – ährlich!!!

Das Unwesen

Sagen Sie mal ehrlich: Wissen S i e eigentlich, was eine ›menschliche Gesellschaft‹ ist? Was?

Ja, jetzt kucken Sie! Das ist nämich nicht ein Kegelverein oder unse Gewerkschaft oder ... weiß ich nicht, vielleicht; die Bundesliga oder die Soldaten, wie S i e vielleicht denken – d a s ist keine menschliche Gesellschaft. Sondern die ›menschliche Gesellschaft‹ besteht zum Beispiel aus mir und meine Frau, also unse Mamma, aus den Ehepaar Ellersiek, wo ich ja auch schon öfters mal wat von erzählt habe, aber auch ganz berühmte Leute wie zum Beispiel der Herr Barzel von Bonn und seine Frau, die gehören auch damit bei, weil die ›menschliche Gesellschaft‹ sind alle Leute, die zusammenleben, »in Bund, Länder und Gemeinden«, wie es so schön inne Zeitung geheißen hat. Auch der Jupp Kottensträter ist da Mitglied und seine Freundin, die schwatte Helma, die leben ja auch zusammen, obwohl sie das Band der Ehe – eh – leider nicht abschließen konnten, weil sonst die Helma ihre Rentenansprüche als Kriegerwitwe, nä? – die wären ja sonst im Eimer.

Und diese ›menschliche Gesellschaft‹, wo wir alle drin sind, die wird nun von eine ganz schlimme Gefahr bedroht, von einen richtigen Unwesen, das sich – also – ausbreitet in Deutschland wie die Italiener am Hauptbahnhof.

Und zwar war ich die Tage – letzten Dienstag war das, da kam ich gerade vonne Kurzwelle und auf dem Heimweg bin ich zum ersten Mal dieses Unwesen gewahr geworden. Das heißt, es waren drei, nä? – drei Unwesen, die waren zu Gange auf einer Bank im Stadtpark am hellenlichten Tage – mein lieber Scholli, da war vielleicht wat los, kann ich Ihnen aber vielleicht verraten: da standen jede Menge Leute rum und waren sich das am Bekucken und auch Kinder und Hunde, alles mit bei, daß man direkt Angst haben mußte um diese kleine Seelen, die vonne Kinder, ne? – weil die diese ganze Sachen ja auch – also mal sagen: ihre Jugend richtig schön durch gefährdet wurde.

Ich weiß nicht, ob Sie unsern Stadtpark hier kennen, der liegt ja direkt hinter die alte Schlackenhalde: das war die eine Bank, wo hier vorne gleich die große Rosedendron-Büsche hinter sind, da spielte sich das drauf ab. Und – ich sag' es jetzt, wie es ist: Als ich dieses Unwesen da so vor mir sah, da schoß mir auf einmal das ganze Elend von unse Politik und nationale Dingens … also woll'n mal sagen: was jetzt alles so auf die deutsche Seele rumtrampelt, das schoß mir plötzlich durch'm Kopf.

Und zwar die Drei, ne? – die sahen aus wie Mädchen, die solche künstliche Berufe am studieren sind: Malerinnen oder Bildhauer – also 'n bißken dreckig und lange Haare, ausgeleierte Pullover hatten die an und Nietenhosen, aber zwei von diese Mädchen waren Kerle, ne? – also männlichen Geschlechts waren die und eben mit diesem richtigen Mädchen am Rumgammeln.

Und das sah man auch gleich – das heißt, also sehen konnte man es leider nicht, weil die, als ich da ankam, da waren die gerade nicht tätig, sondern saßen sie bloß so da und kuckten die Leute zu, wie wir sie bekuckten. Und ich sag' noch so zu eine Dame, die da neben mir stand, sag ich so: »Wie«, sag ich, »das ist doch gar nicht nach die Vorschriften, was die hier machen! Wenn diese Gammler so ein anständiges Unwesen treiben, dann muß das doch zum Himmel schreien!!« – »Ja«, sagt sie, »warten Sie mal ab, die sind jetzt grade am Buttern, oder woll'n mal sagen: die machen grad mal 'n Päusken. Aber ich steh ja schon über anderthalb Stunden hier, und wat meinen Sie, wat hier schon alles los war. Zum Beispiel der Eine da …«, da meinte sie den Rechten mit, den mit die roten Haare auf'm Kopp, sagt sie: »Der hat sich vorhin – hat der sich selbst inner Hosentasche gefaßt und dadrin rumgewühlt und so kleine Krümskes rausgeholt, und dann ist er aufgestanden und dadrüben am Papierkorb gegangen und hat sich da 'n Stück von eine alte BILD-Zeitung abgerissen – wer weiß«, sagte die Dame so, »was da schon alles drin eingewickelt war, früher mal, jedenfalls hat er in diesem Papierfetzen seine Krümskes aus de Hose reingestreut, Zigrette draus gedreht und mit Spucke zugeleckt.« Und dann erzählte sie mir, daß jetzt diese drei Gammler, ne? – daß die diese BILD-Zeitung zusammen geraucht hätten, und zwar hätte der Rothaarige immer einen nach dem andern ziehen lassen, also seinen Kollegen und auch das richtige Mädchen, – das wäre so unappetitlich gewesen, daß sie sich beinahe – also schlecht geworden wäre, s o hätte sie da hinkucken müssen.

Aber die sollen sich mal ja nicht zu früh freuen, weil diese neue Partei, diese NPD, die haben dat ja versprochen: daß die deutsche Jugend wieder Zucht und Ordnung rein muß, Vordermann und Seitenrichtung, für daß unse Halbstarke nicht ihre beste Jugendkräfte da inne Parkanlagen ruinieren und das wertvollste Gut des Vaterlandes … ne? – diese Sachen alles.

Ich hab' das ja mit meine eigene Augen bestätigen müssen, daß ich da letzten Dienstag in Stadtpark zwei Stunden – oder ich glaube, das war sogar noch länger – habe ich gewartet dafür, daß diese Gammler endlich mit ihre Sachen anfingen, aber nix! – Für zum Beispiel hätten die ja die Parkbank Kleinholz draus machen können oder die Rosedendronbüsche anzünden oder vielleicht auch schon mal die Zuschauer mal vor die Füße spucken; ich meine, ich bin ein arbeitender Mensch und hab' ja auch nicht ewig Zeit und kann nicht den ganzen Tag mit Daraufwarten vertun, daß diese Herrschaften sich endlich bequemen für ihrem Unwesen zu treiben! Aber das ist eben die typische Gemeinheit von solche unkameradschaftliche Krücken, daß die ein' Spaß daran haben und unsere Staatsordnung und Sittenmoral und formierte Gesellschaft – das hau'n die einfach inner Pfanne und tun sich da ein' Dreck drum bekümmern. Nicht mal, was die eine Dame mir da erzählt hat: das Rauchen von diese unappetitliche BILD-Zeitung – nicht mal da war'n se dran.

Nu denken Se mal, wenn sowat jeder machen täte, nämich nix, ne? Zum Beispiel unse Regierung in Bonn – stell'n Se mal vor, die hätten da auch am Gammeln angefangen … hätten se einfach bloß so dagesessen die letzte Jahre und schön ihre Diät zu sich genommen und wenn die Probleme da anmarschiert wären, dann hätten se bloß'n bißken dösig inner Luft gekuckt wie diese Unwesen hier. Ja, wat meinen Sie wohl, wat dann bei uns passiert wäre, Junge Junge: Da hätten wir aber eine Regierungskrise nach die andere gehabt! Oder hier, bei uns in Nordrhein-Westfalen – die »dunklen Wolken überm Ruhrgebiet« – wissen Se ja Bescheid! – jetzt stellen Sie mal vor, die Politiker hätten sich die ganze Zeit lang diese Wolken nur bekuckt mitten Finger inne Nase, und wenn es am Donnern angefangen wäre, dann hätten se'n nich mal rausgenommen – was glauben Sie, was jetzt das Vaterland aber noch viel schlimmer mitten in die heutige Krisenerscheinungen drin wär … oder sich befinden täte.

Ich hab' ja ein Schwager, der ist bei de Polizei in Frankfurt unten, und der hat mir neulich erzählt: »Du glaubst ja gar nicht«, sagt er, »was wir bei die Polizei mit diesen Herrschaften für Malessen haben!« – Also meint er nicht de Politiker mit, sondern die Gammler. Dauernd Einsätze, sagt er, auch nachts, wenn die so in halbfertige Neubauten, da wären die am Pennen, aber leider ließen se sich nie bei schlimme Sachen erwischen, nä, da wären die zu hochnäsig für. Sagt er: »Und soviel Mehrarbeit bei diese bekannte Materialknappheit oder Beschränktheit von de Polizei.« Wo sie sowieso kaum Leute genug haben für de Parksünder zum Bekämpfen. – Aber diese windschiefe Gammlerfiguren da, diese Halbaffen manchmal, die müßte man als Polizist richtig mit Gewalt so'n bißken piesacken, für daß sie dann vielleicht zurückhauen, daß man se endlich festnehmen könnte wegen diesen Widerstand mit die Staatsgewalt. Sagt er, jeder Mörder oder Einbrecher oder auch mal Besoffene und dann diese leichtfertige Dämchens, wo er ja auch viel mit beschäftigt wäre, – da macht der Dienst doch wenigstens Freude, angenehmer als wie so de Gammler, d i e einen nämlich bloß immer so dämlich anglotzen, daß man oft nicht weiß, weshalb man sie einlochen soll … wie es dieser Rothaarige da auch mit mir getan hat.

Der saß so da, dieser Rothaarige, und war sich erst die Steine auf'm Kiesweg am Betrachten, und dann kommt er so langsam mit seine Augen an die Stelle, wo ich drauf stehe. Sicher, ich hab' erstmal 'n Schritt beiseite getan, für daß ich diesem Herrn da nicht beim Steinekucken im Wege stehe mit meine Füße und die Fahrradklammern vom Moped noch inne Beine. Aber auf einmal lehnt der sich plötzlich zurück und glotzt mir direkt im Gesicht: ich erblicke also – wie man so schön sagt – das Weiße in seine Pupille. Und er kuckt sich mein Weißes an. Jawoll!

Also ehrlich: Ich glaub, ich hab in diesen Moment richtig 'n roten Ballon gekriegt für die Unverschämtheit von diesen Kakerlaken da, wie der 'n anständigen Menschen einfach im Gesicht sieht: Ich bin doch schließlich nicht den sein Affe, daß dieses Unwesen einen ankucken kann wie im Tierpark!!!

Ja, jetzt wollte ich eigentlich gehen, ne? – aber nu hatte ich so'n schönen Platz vorne, erste Reihe, und waren ja inzwischen so 70-80 Leute da, Zuschauer, und weil ich nun doch schon so lange da am Warten war, dachte ich: Jetzt kommt' auf 'ne halbe Stunde auch nicht mehr drauf an. Und dann ganz plötzlich passierte es auch: da standen die Gammler mit so ein ganz freches Grinsen im Gesicht standen sie auf und gingen weg ohne umzukucken.

Jetzt sagt plötzlich ein Herr neben mir, wie die so am Weggehen waren, sagt er: »Ich verstehe gar nicht, was die Leute dagegen haben! Die sind doch harmlos!« – »Harmlos?«, sage ich, »diese Unwesen?? – Kucken Sie doch mal an, was die hier angerichtet haben: 70-80 fleißige Mitglieder der ›menschlichen Gesellschaft‹ haben die durch ihrem Faulenzen vonne Arbeit abgehalten! Bei uns gibtet heute zu Hause Milchreis, wissen Se ja selbst, wie schnell der anbrennen tut, und wenn ich jetzt zu Hause komme mit so ne Verspätung, dann können Se ja denken, was unse Mamma mir jetzt diese ganze angebrannte Sachen um de Ohren fegt und wer is schuld – doch nur diese Herrschaften!«

Nä, ausrotten muß man die mit Stumpf und Stiel. Sonst kommt't noch so weit, daß das ganze Leben mit die eigene Gammelei ja kein'n Mensch mehr Freude macht.

Ich will mal nach Haus, daß ich hier bei Ihn'n auch nicht zu lange rumgammele.

Resozialisierung

(Nach einer Zwischenkonferenz will B abgehen, T – mit Dienstmütze – tritt von der Gegenseite auf und brüllt ihn an:)

Halt! Stehengeblieben! – Ja, kucken Se nich so mit Ihre Frisur am Kopp oder wat dat sein soll – hier, setzen Se hin, ich muß mit Ihn' reden, bißken.

Ham Se ja gehört vorhin vonne Geschäftsstelle, daß Sie in vier Wochen – ham Se Ihre Zeit abgerissen, wer'n Se entlassen – kriegen Se alles zurück, was Se inne Tasche hatten, bei de Einlieferung, und dann sind Se wieder ein freier Mann – bis zum nächsten Mal.

(B winkt ab)

Ja nu, brauchen Se gar nich so ... Sie sind ja nich der erste, der hier ein neues Leben ... also die Nummer zieht nich mehr, bei mir nich. Ich hatte mal einen, der hat sogar auf Knie vor mir gelegen – hatte er grade 'n Koller hinter sich, wie ein Wurm war der: »Herr Wachtmeister, wenn ich noch einmal das Licht der Freiheit atmen dürfte...« war er am Winseln, sagter: »Sie können mir die Hand abhacken, wenn ich mich noch einmal im Leben erwischen lasse!«

Und sollte ich ihm »gute Führung« durchboxen helfen und hat er sich auch hinterm Kaplan geklemmt und hattet auch tatsächlich geschafft, daß er früher rauskam.

Paar Monate später – ich komm grad vonne Kur zurück wegen mein Rheuma – da mach ich morgens die erste Zellentür offen und wen seh ich? Ach nä – – ich sag: »So, Bürschchen«, sag ich, »jetzt komm her mitte

Hand!« Dachte er, ich wollt' 'n Witz machen, ich sag: »Nein! Du hast mir doch selbst gesagt damals, daß ich dir die Hand weghacken soll, ich hab mich da nich nach gedrängelt, aber bitteschön: im Gegensatz zu dir halte ich mein Wort; komm mit: wir beide gehn jetzt runter inner Anstaltstischlerei!« Grinste er noch so unsicher. Da habe ich vielleicht losgebrüllt: »Raustreten!« und so mi'm Schlüsselbund geklappert, und da wurde er weiß umme Nase, fing er am Jammern, wie er draußen – von seine Liebsten verstoßen, auffe Arbeit ausgelacht, und grade wie er sich eine neue Existenzgrundlage beschaffen wollte, da hätten se ihn bei erwischt. Ich sag: »Dat interessiert mich alles überhaupt nich: Da is deine Hand – mainzwegen kuck se dir nochmal an, aber dann gehn wir runter anner Kreissäge.«

Wat is? Ob ich dat wirklich …? Dat werd' ich Ihnen grade auffe Nase binden, neenee; da sollen Sie jetzt schön drin schmoren, in diese Ungewißheit, dat gehört alles zu diesen neuen Trick, den wir jetzt machen sollen, diese sogenannte Resozialisierung.

Ham Se ja sicher schon bemerkt, dat dat jetzt alles anders is als früher. *(T wendet sich mehr und mehr ans Publikum und vergißt B)* Dat heißt: viel noch nich, weil erstens durch den Personalmangel – ich hab' schon wieder 26 Überstunden diesen Monat – und dann sind wir ja auch noch inne Umschulung: alle vier Wochen zwei Stunden Unterricht von ein Psychologe, der soll uns dat alles ausnanderpopeln, diese »Justizreform« oder wie dat heißt. Kucken Se, dat is gar nich einfach für unsereinen, ne, ich hab' ja damals noch gelernt auf Gerechtigkeit: Auge um Auge, Zahn um Zahn, meine Rübe – deine

Rübe – danach hab ich die Herrschaften auch behandelt – bei mir wurde anständig abgebrummt, wat jeder gemacht hatte, und dann war die Sache erledigt. Und immer die Sühne, ne, die hab ich meine Schützlinge als Damoklesschwert unter de Nase gerieben, ich sag: »Herrschaften, ich hab keinen von euch hierhergebeten; hättet ihr't rechtzeitig seingelassen oder 'n bessren Verteidiger genommen, bitteschön, da hätte ich keine Träne nachgeweint.« Ich sag: »Ich bin Beamter, ich kriege mein Gehalt auch, wenn Ihr nich hier seid. Aber Ihr habt das so gewollt – dann wird jetzt auch nich gejammert oder Seele simmeliert, sondern vernünftig abgebüßt, wie sich dat gehört: kurz ist die Tat, doch ewig währt die Reue! – dat müßt Ihr Euch schon mal von ein' rechtschaffenen Menschen sagen lassen!«

Ja, und jetzt auf einmal heißtet: Nein, dat wär alles Blödsinn mitte Rache: wir von Strafvollzug müßten dafür sorgen, daß aus diese Figuren hier wieder ›volle Glieder der menschlichen Gesellschaft‹ werden – ausgerechnet aus so Kanaken, die sollen wir resozialisieren und dürfen wir nur noch soviel piesacken jetzt, daß die sich nachher wieder zurechtfinden und ihre menschliche Würde nich bei kaputtgeknickt wird. Und dat soll mir erstmal einer vormachen.

Und zwar – ich weiß auch, wer dat verbockt hat: Dat war'n die Zeitungen und dat Fernsehen, die ham unsereinen vielleicht inner Pfanne gehauen, mein lieber Scholli! Dat ging los mit die Unfälle damals, wo einige Häftlinge bei verunglückt sind: die ham da Rabbatz gemacht und wer war hinterher schuld? Wir vom Strafvollzug! Sicher, wir sind auch nich alles weiße Schafe, und mainzwegen kann sogar sein, daß da mal ein Kollege entgleist is, von mir aus. Ja und? Bei de Bundesbahn entgleisen doch auch welche, und dann trifftet sogar Unschuldige! Ich meine, dat kann ich Ihnen schwören: hier von unse Anstalt is nie wat nach außen gedrungen, aber trotzdem: wat sind hier in die letzte Jahre für Kommissionen angewackelt gekommen, man kam sich bald vor wie'n Museumswärter, ne? Manche war'n ja harmlos, die ham oben bei'n Direktor 'n kleinet Frühstück verkasematuckelt, dann hielt der Alte 'n Vortrag – und, au Sie, der kann dat, wenn der mal am Reden anfängt, dann gibt da kein Halten mehr, und dann verging die Zeit wie im Fluge – leider, konnten wir nur noch ganz schnell Werkstätten und Krankenrevier zeigen, und dann war'n wir die wieder los.

Aber gemein sind ja die anderen, zwei-drei Männekens meistens, ganz junge Burschen zum Teil noch, von' Ausschuß oder Minnesterium sind die weg, und die bleiben dann auffen Gang plötzlich vor eine Türe stehen: »Bitte, mit diesen Häftling möchten wir mal reden!« Und der Alte, dieser Döskopp, der merkt sich doch nie, wer grade wo sitzt, und buckelt da so rum ... Wollt ich ihm noch auffe Sprünge helfen, fing ich am Räuspern an, Husten, ganz unauffällig zwar, aber dat hätte ein Blinder mit'n Krückstock hätte dat eigentlich – bloß er nich: »Jawohl! – Tegtmeier, schließen Se auf!« Ich stand paar Schritt zurück und: geistesgegenwärtig die nächste Tür genommen! – »Nein, bitte diese Tür!« – Ich sag: »Ja, nu hab ich den Herrn schon halb offen – hier is doch einer wie der andre!« – Nein, diese Tür. Jetzt, endlich, kapierte auch der Alte: da hinten hätte er eigentlich noch einen schöneren Fall, oben in Flügel sogar – nix mehr geholfen.

Und zwar saß da einer von die ganz üblen, ein Korinthenkacker, wat die Vorschriften angeht, den könn' Se nix am Wagen, aber: er hält sich für ein Justizmord und er hat schon ne ganze Menge Zeugen für aufgetrieben, also ein Querelant: ein Wiederaufnahmeantrag nach'm andern. Und der hat denen dann wat erzählt – ich habet von draußen mitgehört: ganz freundlich, richtig bescheiden kann der so tun, – und hat er in Gegenwart von Alten erzählt, wat wir alle für Pfeifen wären. Meinter: er könnt es keinen übelnehmen eigentlich, aber wir wären eben alle »unterqualiziert«. Und so'ne Figuren darf einen nich mal die Hand ausrutschen, sondern diesen Mann muß ich sogar noch resozialisieren!

Also ehrlich, die machen noch solange mit ihre Reformen, bis einen der ganze Knast kein' Spaß mehr macht. Inne Bücherei zum Beispiel: die ganze Erbauungsschriften – erstens ham die die Pastoren immer für lau abgeliefert und dann soll ja dat Lesen in Gefängnis auch nich grade in Vergnügen ausarten, aber nein: die soll'n jetzt abgeschafft werden und dafür wollen se Literatur und sogar Lehrbücher, richtige Fremdsprachen sind dabei! Ich sag schon für die Kollegen: »Seht Ihr denn nich, welche Gefahr uns da im Pelz gesetzt wird? Wenn wir jetzt schon mal'n Kassiber erwischen – können wir noch lesen, aber wat is, wenn die jetzt nur noch Fremdwörter schreiben, oder sogar ausländisch!« Ich sag: »Wenn wir zulassen, daß hier auch noch den Geist Tür und Tor geöffnet wird, dann können wir gleich die Schlüssel abgeben!«

Dann soll ein Fernsehraum eingerichtet werden – ich muß mir mein Apparat vom Gehalt absparen und die kriegen den gratis: Resozialisierung! In zwei Jahre sollen wir umziehen in einen Neubau mit die Brüder, weil die Wände zu naß wären. 200 Jahre steht der Bau und auf einmal sind die Zellen zu altmodisch. Ich sag: »Und unsere Beamtenwohnungen? Die Burschen sitzen hier im Durchschnitt ein-zwei Jahre, aber ich hab' in meine Wohnung lebenslänglich!« Ja, heißtet: Resozialisierung. Und dann – aber dat is noch nich amtlich, Gottseidank! – die sollen in den Neubau ein Expriment aus Dänemark wollen die ausprobieren, dat unse Lieblinge sogar einmal im Monat ihre Frauen haben dürfen, mit Übernachtung! Und sogar ohne Aufsicht! Und wer nich verheiratet is, vielleicht sogar die Freundin! Und wat glauben Sie, wat da passiert – dreimal dürfen Se raten. Und unsereiner sitzt dann am Ende von Korridor im Glashäus'ken und hält sich de Ohren zu!

Nee, geh mir weg! Wir sollen die Werkstätten jetzt so einrichten, dat diese Gannoven ein anständigen Beruf lernen können. Ja, und w i r? Wer hat uns denn ein' vernünftigen Beruf gelernt? Kein Aas! Ich meine: Bitteschön, ich gönne jeden Häftling den Himmel auf Erden, aber an uns muß man doch auch mal denken: Wer resozialisiert uns vom Strafvollzug?

(T bezieht B wieder ein)

Naja, aber dat darf e r eigentlich gar nich hören hier, obwohl er is ja noch einer von unse besten: hat immer schön alles gemeldet, wat er so von seine Knastbrüder rausgekriegt hat ... wissen Se schon, wo Se hinwollen, wenn Se rauskommen?

(B schüttelt verlegen den Kopf)

Ja dat hab' ich gerne, jetzt hätten Se aber Zeit genug gehabt für zum Überlegen! Naja, die paar Wochen wer'n

Se schon schaffen – dann ham Se ja sowieso wieder ’n festet Dach übern Kopp: erst drüben im UG und dann kommen Se ja wahrscheinlich wieder bei uns, auch im Rückfall neuerdings, denn Zuchthaus gibt’ ja nich mehr, könnten Se vielleicht sogar Ihre alte Eckzelle wieder haben, mit Blick über de Mauer. Is ja auch besser für Sie: kucken Se, wat können Sie am besten? Fußmatten, ne? Und nu suchen Sie mal draußen ’ne Firma, wo noch Fußmatten in Handarbeit gemacht werden – gibt’s doch gar nich mehr!

Aber sonst, wie gesagt, mach ich mir keine Sorgen wegen Ihn’ – Sie ham sich hier anständig aufgeführt, sind anständig behandelt worden – Sie werden auch draußen keine Geschichten erzählen, über uns. Denn wenn ich dat rauskriegen sollte – mein lieber Kokoschinsky, dann kriegen Sie beim nächsten Mal aber eine Resozialisierung verpaßt, dat Ihnen der Arsch voll Tränen steht! Ehrlich! Ohne Tritt – Marsch!

Tegtmeier in Uniform

Liebe Rekruten – oder nä, woll'n ma heute besser sagen: Meine liebe junge Kameraden!

Komm, setzt euch mal grade hin – Vordermann hier jetzt mal, ihr Knallköppe! Ich kann dat nich leiden, diese Unordnung in'n Glied – oder hier bei'n Sitzen: der Soldat is auch im Sitzen für sein' Stuhl verantwortlich, daß der grade steht, und beim Unterricht gehören die Arme auffen Tisch und nicht werweißwohin!

So, jetzt: Meine liebe junge Kameraden!

Ein schöner Tag Eures Lebens geht heute abend zu Ende, denn seit heute seid Ihr Soldaten der Bundeswehr! – Wat ich hier jetzt so erzähle, dat hat eigentlich gar kein Wert, dat is nur provisorisch, weil nämich unser Kompaniechef heute nachmittag leider verhindert ist, aber keine Angst: Sie werden ihn im Laufe Eurer Dienstzeit schon noch kennenlernen, und ich möchte den Mann hier nicht vorgreifen, sondern nur so die allerwichtigste Dinge … dat Ihr da schon mal bißken Bescheid wißt, wat hier los ist.

Erstmal Sie hier vorne und der Eine dahinten – Sie zwei mit Ihre lange Tango-Haare, oder Beatle-Fransen, wie dat heute heißt – was glauben Sie eigentlich, wer Sie sind, hier mit solchen Kopp anzutanzen? Der Kopp kommt ab, verstanden? Das ist ein Befehl!! – Ihr seid vielleicht Heinis! Dat is doch für Ihre eigene Sicherheit! Nämich wenn einer so lange Loden hat, der kann doch damit inne Panzerkette hängenbleiben … kann er noch de ganze Kameraden aufhalten und den Sieg gefährden

…von Rückzug, wat da grade im Gange is. Also ich hoffe, die Haare sind damit klar! Is jemand von Euch aus Gelsenkirchen zu Hause, der ein Wagen mitgebracht hat??! Keiner?? – Naja, ich hatte nämlich bis jetzt so'n schönen Gefreiten als Mitfahrgelegenheit, aber der is gestern entlassen und nu kann ich vielleicht wieder mitte Bundesbahn … wie so'n Affe. Also könnt' Ihr Euch ja nochmal überlegen und sagt Ihr mir dann Bescheid, ne?

So, jetzt geht' los. Also: Ich habe oben vonne Kammer die Strichliste, daß alle ihre Klamotten vorschriftsmäßig gefaßt haben. Denken Sie daran, daß sich der deutsche Steuerzahler jeden Stahlhelm und jeden Hosenknopp, den Ihr bekommen habt, vom Munde absparen muß und dat tut der ja bestimmt auch nicht gerne, deshalb gehen Sie sorgsam um mitte Brocken. Ich habe gehört, bei einigen drücken die Stiefel noch. Aber ich kann Ihnen aus eigener Erfahrung versichern: Das gibt sich mit die Jahre! Wenn den Soldat sein Stiefel drückt, dann drückt er ihn wieder und damit Feierabend! (Dat wär doch gelacht!)

Warum, meine junge Kameraden, seid Ihr ab heute Soldaten der Bundeswehr? Das ist eine Frage, die ein denkender Mensch, nicht wahr –, das will ich Ihnen sagen, denn durch sowat unterscheidet man sich ja schließlich vonne Tiere: Sie sind Soldaten der Bundeswehr, für daß Sie der NATO als Abschreckung dienen. Ist das klar? – Und zwar gibt es zwei Sorten von Abschreckung: die a t o m a r e und wir P a n z e r g r e n a d i e r e, weil wir dem Osten ja einen sogenannten ›Konzeptionellen‹ Schrecken einjagen müssen. Ich will dat mal auf Deutsch sagen: Wenn der Iwan hier bei uns mitte Atomraketen dazwischenfunkt und sich einbildet, wir täten auch mit Atome zurückhauen, dann schlagen wir ihm ein Schnippchen und kommen zu Fuß, und dann tut der sich ganz schön verjagen, der Blödmann, Junge, Junge, da bin ich schon mal richtig gespannt drauf!

Weiter: Die deutsche Bundeswehr beherrscht das Prinzip der Inneren Fügung. Wat heißt dat? – Das ist eine sehr dumme Frage! Die Innere Fügung heißt so, weil sich das einer mal ausgedacht hat, klar? Dat könnte auch ebensogut anders heißen, dat wär' eine Wichse, heißt eben Innere Fügung, weil dat Vorschrift is, daß das so heißt. Und da könnt Ihr Euch auch schon gleich mal'n bißken dran gewöhnen: hier bei uns, ne, beim Milletär, da heißen manche Dinge haben hier ganz komische Namen im Anfang. Zum Beispiel: Warum heißt die Lafette ›Lafette‹? – Weiß kein Aas! Ich persönlich hab' mal in letzten Krieg ein Hauptmann danach gefragt, und wie ich dann die drei Tage Bau abgesessen hatte, da ... naja, dat gehört ja auch nicht hierher. Oder zum Beispiel auch unser ganzer Nachschub, Versorgungseinheiten, Marketenderwaren alles, dat heißt seit den letzten Krieg neuerdings ›Logistik‹ und so is es auch mitte Innere Fügung.

Was bedeutet die Innere Fügung? Die Frage is gar nich so dumm, wie Sie vielleicht glauben! ›Innere Fügung‹ bedeutet zum Beispiel, daß man als Ausbilder die Rekruten nich mehr anscheißen darf wie früher, sondern muß man auch bei die hartleibigsten Idioten Mensch bleiben und die ihre Menschewürde hochhalten oder richtig schön pflegen, alles, ... dieses Grundgesetz is dat, das hat das alles bißken vermasselt – diese Sachen. Das heißt, ne, wenn einem schon mal so unter vier Augen der Kragen bißken platzt, dann is dat nicht so schlimm und haben Sie ja auch sowieso dann keinen Zeugen für, weil Sie ja da mit mir alleine sind. Na warten Sie mal ab … werdense ja sehen.

Jetzt gibt es noch ein Sprichwort, das heißt: ›Staatsbürger in Uniform‹ – da stellen sich manche Leute werweißwat drunter vor! Dabei is dat gar nich so geheimnisvoll gemeint, sondern ›Staatsbürger in Uniform‹ is nur eine Redensart hauptsächlich für die Zeitungsannoncen oder Werbefernsehen, ne? – so ähnlich wie dieser ›Krawattenmuffel‹ oder ›Weißer Riese‹ is dieselbe Angelegenheit. Herrschaften: der ›Staatsbürger in Uniform‹ is sehr einfach zum Verstehen; es heißt, daß wir zwar Staatsbürger sind, aber im Gegenteil zu die Ziwelisten gehen w i r niemals ohne Uniform, auch wenn wir Ausgang haben bei Kindstaufen, wenn wir schon mal heiraten, mainzwegen auch, wenn wir mal nur so mitte Mädchen zugange sind, da sind wir immer in Kluft, für daß wir da überall besseren Eindruck machen. Außerdem erleichtern wir dadurch die Feldjäger die Arbeit, wenn die abends mal Kneipenrazzia machen, dann wissense schneller Bescheid. Ich möchte nochmal genau hinweisen: Es besteht kein Z w a n g für außer Dienst die Uniform zu tragen, aber es wird hier bei uns stillschweigend erwartet, daß sich also keiner erwischen läßt. Ich hoffe, daß das alle kapiert haben.

So. Jetzt is noch … in der Bundeswehr haben wir noch diesen sogenannten ›Traditionserlaß‹, durch welchen diese geregelt wird, die Tradition. Und zwar bedeutet diese, daß sich der Soldat ruhig mal an unse Vergangenheit erinnern darf, – – das heißt: nur an schöne Stellen – der Vergangenheit, ne? Zum Beispiel in'n letzten

Krieg, da haben deutsche Soldaten mehrmals gegen de Führung … auch die Offiziere … zum Schluß hamm'se da doch richtig Krach geschlagen und den Addolf, diesen verrückten Gefreiten ganz schwer Bescheid gesagt. Das is schön zum Erinnern, Herrschaften, aber sowat muß natürlich eine Ausnahme bleiben.

Außerdem ist es Tradition, daß wir die alte Orden und Ehrenzeichen wieder tragen dürfen und daß wir die auch schön Wertschätzung entgegentragen und nich so wie in den ein' Film von diesen Günter Grass – mit seinen Bart sieht der ja schon richtig so aus wie Stalin, ne – und wo in diesen Film da die Bengels mit ein Ritterkreuz inne Badehose am Werke sind. Und ich weiß auch, ne – ehrlich: durch Zufall weiß ich, wer diese Bengels waren, die diese Unsittlichkeiten da … sicher, waren Minderjährige, aber die Ehre des Soldaten ist eine so empfindliche Sache, Herrschaften, dann muß man eben auf die Kinder besser aufpassen und nicht einfach das Heldentum beschmutzen lassen!!! – Is doch wahr! Wie gesagt, ich weiß, wer die Bengels waren, aber meine Disziplin dem Vaterlande gegenüber zwingt meine Geheimhaltung ab, sonst würde vielleicht einer unserer Minister aber ganz schön 'n Schrecken kriegen, wenn er wüßte, dat ich dat weiß! … mein lieber Kokoschinski! – Naja.

Weiter: die Fahnen! Wir ham hier eine Regimentsfahne, die hat uns der Bundespräsident geschenkt. Wenn ihr vereidigt wer't – dat heißt, Ihr als Wehrpflichtige braucht ja nur dieses Gelöbnis da zu machen, aber bei die Gelegenheit könnt Ihr Euch dat Dingen mal bekukken. Diese Fahne hat eine tiefe Bedeutung, die weit über sie hinausreicht; denn die Fahne ist die Ehre der Truppe.

Deshalb wird sie auch nur bei feierliche Anlässe gezeigt, die andere Tage steht sie im Zimmer vom Regimentskommandeur.

Jetzt nochmal zusammengefaßt: Die Tradition ist also dafür da, ne, daß sich der Soldat dran festhalten kann und sorgt dafür, daß wir eines Tages, wenn uns einmal der kühle Rasen schmückt … oder drückt – über uns ist, daß dann auch unser Geschlecht … nä, nich unser, sondern das a n d e r e Geschlecht, ne, das nach uns kommt, oder woll'n ma sagen: zukünftige Geschlechter, daß die über uns schöne Geschichten erzählen und wir vielleicht auch noch berühmt werden. Hängt ja in Eßbaracke IV dies schöne Gedicht »Der Toten Tatenruhm …«, dat is doch immer wieder … wat Schöneres kann man sich doch gar nicht denken.

So, jetzt muß ich hier nochmal am Zettel kucken, daß ich auch nix … ja richtig, eine Kleinigkeit is da noch, nämich der sogenannte Wehrbeauftragte. Dat is, woll'n ma sagen, so 'ne Art Kundendienst und besteht aus ein Mann, der is zwar nur Politiker, also Ziwelist, aber eben doch für die Reklamationen der Truppe zuständig. Also zum Beispiel, wenn einem von Ihnen das Essen hier nicht bekommt oder wenn einer sonst 'n Querelant is, dann kann er sich bei diesen Wehrbeauftragten beschweren, und dann wird er ja sehen, wat er davon hat.

Herrschaften, ich bin Soldat der ersten Stunde und seit die letzte Jahre hab' ich nur noch mit Rekruten zu tun. Aber bei mir hattet noch niemals Malessen gegeben und hat sich auch noch kein Aas über mich beschwert. Aber wenn es einer von Euch, Herrschaften, belieben sollte – bitteschön, is Euer gutes Recht! Sie können sogar auf der Schreibstube gehen – da müssen die Ihnen direkt die Adresse von diesen Wehrbeauftragten rausrücken, da sind die verpflichtet für! Aber: Wenn ich der Mann wäre, der sich über mir beschweren will, dann würd' ich mich erstmal inner anderen Einheit versetzen lassen, bevor ich den Brief im Kasten schmeiße – so'n Dampf hätt' ich vor mir!! Ich meine, ich bin von Natur aus 'n friedlichen und gemütlichen Menschen, aber ich bin Soldat von Beruf und auf meine Arbeit lass' ich nix kommen! Und wenn unse Bundeswehr ihre großen Aufgaben hier – eh – Erfüllung gewähren soll, dann genügt es nicht, wenn der Verteidigungsminister alleine abschreckend wirkt, sondern dann muß jeder Einzelne von uns auf seinem Posten auch abschrecken, und das werden wir Ihnen hier schon beibringen!

So, jetzt – fertigmachen, – alles auf! Los, hoch die müden Leiber! Dat nächste Mal geht dat aber 'n bißken plötzlicher!

(zur Pause)

Weggetreten!

Hänsel und Gretel

So, Kinder, kommt mal alle beisammen … Karsten! Karsten!! – Laß die Marika los jetzt, komm hierher! – Ohne Joghurt, Peter, die andere Hälfte kannste hinterher reinschlabbern, jetzt wird erstmal … laß die Marika jetzt los, Karsten, du bist ein richtigen Stinkstiebel heute wieder!

Karsten! Wenn du jetzt nicht, dann … in meine Augen bist du zu Marika heute wieder mal scheißautoritär!

Scheißautoritär!!

Ja nu fang doch nich … jetzt geht dat wieder mit den Geheule los … dann laß die Marika in Ruhe, dann sag ich das nich! Ich habe dich dreimal … komm, hier is Taschentuch!

Wat is? – Is doch gut, is doch gut, is doch guuuut … Ich habe dich … ich hab … ich … na nimm die Ecke, die is sauber: ich hab dich gewarnt, Karsten … *ich* bin gemein zu dir? Ich hab dir gesagt: laß die Marika … is ja guuut, *ich* hab gesagt, du bist autoritär? Ich hab gesagt, laß die Marika … Is ja guut, mein Junge, ich hab Stinkstiebel gesagt. »Autoritär«, hab ich gesagt, bist du, *wenn* du die Marika nicht los läßt, aber haste ja gemacht … komm Marika, *die* paar Haare wachsen wieder nach, kuck mal wat der Karsten für ’n Kummer hat, der muß auch weinen, weil er dich nich mehr hauen darf, der hat et auch nich leicht,

So, Kinder, jetzt alle beisammen – jetzt werd ich euch mal wat erzählen, wat ihr noch nie gehört habt, nämlich ein Märchen.

Nein, Antje, keine Reklame. Sicher, Reklame is auch Märchen, aber ein richtiget Märchen is keine solche, sondern da hat sich einer 'ne Geschichte ausgedacht, die nich stimmt, aber ein' Sinn hat, und der S i n n, der is schön – also ein schöner … oder nützlich, ne, ein nützlicher Sinn, weil wenn alle Menschen so wären, wie die Märchen aufhören, dann brauchten wir – Menschen – ja, dann brauchten wir keine Märchen mehr. Aber dat könnt ihr ja gar nicht … also der Sinn von ein Märchen is im Grunde genauso schön wie ein Märchen.

So. Und nu erzähl ich euch Hänsel und Gretel.

Also Hänsel und Gretel, wie gesagt, waren zwei Kinder, er war ein Bruder und sie eine Schwester und ihr Vatter – müßt ihr euch mal vorstellen, war ein Holzhacker, also einer, der mit einem großen Beil oder Axt hat der im Walde immer die Bäume angekuckt, ne, und wenn der einen passenden gefunden hat, hat der da Kleinholz draus gemacht. Wat is, Kläuschen?

Nix Umweltzerstörung, Kläuschen, kuck ma, die Märchen handeln von eine so lange Zeit her, da gabet noch gar keine Umwelt, sondern da waren die Bäume noch, wat für uns heute der Öltank is, also daß es im Winter warm wird. Und nu kam eine »Teuerung ins Land« – ne, also »Inflation«, um euch dat mal verständlich zu machen, und da konnte der Vatter das »täglich Brot« nich mehr zusammenhacken mit seiner Hände Arbeit, und hatten sie keine Schnitten mehr für zum Fressen. Oder nich »Fressen«, sondern Frühstück. Und da …

Nee, Brötchen hatten die sowieso nich, Frank, weil die ja arm waren, und zwar waren die nich nur arm, sondern die waren s o arm, daß sie sich von ihrem Kleingehackten nur Brot kaufen konnten. Nu war Brot damals allerdings so billig, daß es sich heutzutage niemand gekauft hätte, aber das Holz war auch so billig, daß sich die, die vom Holze lebten, wirklich nur Brot leisten konnten, so arm waren damals die Armen, und haben sie eben …

Nich Neger, Hänsel und Gretel – ach du meinst Unterentwickelte! Du denkst jetzt Tagesschau, is klar.

Aber damals gab es nich bloß Arme da unten, sonder auch die Weißen, sogar die Menschen hier waren alle arm; also die Armen von den Menschen. Arm ist, wenn man kein Auto leisten kann, keine Wohnung – die lebten in ein Häuschen draußen vor der Stadt ganz im Grünen am Waldesrand, was heute nur die Reichen, das mußten früher die Armen, aber ohne allen Komfort, ne? Kein Telefon, kein Kühlschrank, kein Klo, kein … wie die w a s gemacht haben?

Ja, dafür hatten die ein Häuschen beim Häuschen, also ein Zweithäuschen, nachts immer übern Hof, auch bei Regen, und die einzige Hygiene war ein Herzchen, was da reingesägt war in die Tür von dem Häuschen, und das war eine sehr ernste Angelegenheit, Christoph, da is gar kein Grund für so dämlich drüber zu grinsen.

Also wie gesagt: Hänsel und Gretel waren einmal so arm, daß sie zwei Häuschen im Grünen hatten und nichts zu beißen, und ihr Mutter war – äh – dahingeschieden, und …

Wieso schuldlos? Die war nich geschieden, sondern dahin –, ne? Also die war so lange gestorben, bis sie richtig tot war, und deshalb hatte der Vatter auch die Stiefmutter seiner Kinder, ne, also von Hänsel und Gretel, die ihre Stiefmutter hatte der Vatter anschließend geheiratet, an seine Frau, und jetzt war die mehr praktisch veranlagt und sagte sich: »Wir sind vier Leute: Vater, Mutter, Hänsel und Gretel. Und alle vier haben wir kein Brot mehr, was ja ein echtes Malheur is. Und alle vier haben wir Hunger.« – Wißt ihr überhaupt, wat Hunger is?

Nein, dat is Appetit, wat du meinst, wenn du ein Eis brauchst oder Bonbons, und Appetit is kein Hunger. Hunger is, wenn man selbst d a s alles aufgegessen hat, wo man sonst fies für is und trotzdem noch mehr davon haben möchte, aber nix mehr findet. Dann kann man im Kopp auch gar nix mehr denken außer Hunger und würde sogar sein besten Freunde beklauen, wenn der noch wat hätte. Kuck mal, wie ich in Rußland war …

Ja, ich war in Rußland, dat wußtet ihr noch gar nich? Ich war in Ruß… nich mit Neckermann, sondern mit Hitler noch, Peter, aber dat is nix für euch, war zwar auch mit Vollverpflegung gedacht damals, aber die hat manchmal nich so richtig funktioniert, und da haben wir vor lauter Hunger … Ach komm, dat is irgendwie is dat auch alles schiefgelaufen, also lassen wir lieber weg, den Hunger, sondern die hatten kein Geld, der Vatter von Hänsel und Gretel, überhaupt kein Geld, und da sagte die Stiefmutter …

Dat is lieb von dir, Karsten, aber die hatten beide kein Sparbuch, Hänsel keins und Gretel keins – daß du das deine Mutti gegeben hättest, is klar, aber wenn's de keins hast, kannste auch de Mutti nix pumpen. Was? – Auch nich gegen Zinsen, Karsten, wo nix is, is nix – ich weiß, dat is schwer für euch zum Ausmalen, aber stellt euch mal bitte überhaupt gar kein Geld vor, damit wir das Märchen nun mal am Laufen kriegen. Und nu …

Der Oppa – die hatten kein' Oppa mit eine Rente … weiß ich, Tiny, daß euer Oppa immer von seine Rente und der hat ja auch das Gluck mit die Staublunge, daß er dadurch Frühinvalide, aber die hatten eben das Pech und keinen invaliden Opa und überhaupt kein Geld und nu hört mal auf mit die Fragerei, sonst krieg ich Hänsel und Gretel gar nich mehr zu Stuhle.

Ja, du auch, Antje, sonst werd' ich autoritär! – Na bitte.

Also – jetzt nehm ich auch dat Buch … Hänsel und Gretels Vatter konnte … »das tägliche Brot« nicht mehr schaffen. Wie er sich nu abends im Bette Gedanken macht und sich vor Sorgen herumwälzt, seufzte er und sprach zu seiner Frau: »Was soll aus uns werden? Wie können wir unsere armen Kinder ernähren, da wir für uns selbst nichts mehr haben?« — »Weißt du was, Mann«, antwortete die Frau, »wir wollen morgen in aller Frühe die Kinder hinaus in den Wald führen, wo er am dicksten ist. Da machen wir ihnen ein Feuer an und geben jedem noch ein Stückchen Brot, dann gehen wir an unsere Arbeit und lassen sie allein. Sie finden den Weg nicht wieder nach Haus und wir sind sie los.« – Ja. Also – nich am Weinen fangen, Claudia, is überhaupt kein Grund, sondern ihr werdet euch noch wundern, Kinder, wie schön dieset Märchen hinten aufhört und braucht überhaupt keine Angst zu haben, weil Hänsel und Gretel – dat sind genaugenommen die ersten beiden Kinder in der ganzen Weltgeschichte, die sich so richtig voll entmanzipiert haben; die haben nich nur Vatter und Mutter mit ihre Tricks an die Wand gespielt, sondern die haben auch ihren Aggressions-Stau wieder unheimlich flott gekriegt mittels Verbrennung einer alten Dame, weil die den Hänsel sein' Finger, den sollte er ihr immer rausstrecken und sie hat dadran rumgefummelt, die alte Mistbiene, aber nich gemerkt, daß der Hansel ihr statt den Finger nur sein Knöchlein hingehalten hat – und auf Knöchlein scheint die Alte ihre Unersättlichkeit irgendwie nich drauf gestanden zu haben. Weil die war scharf auf gegrillte Hänsel, und da sollte auch 'n bißken wat dran sein, wat inne Zähne hängenbleibt. Aber deshalb müßt ihr wirklich nicht weinen, sondern wenn dat Märchen vorbei is, dann werde ich euch erzählen, warum dat überhaupt nich schlimm war. Nur so als Vorgeschmack will ich euch eins verraten: die muß gebrannt haben wie Zunder, die Alte.

Also wie gesagt, die Eltern wollten gerne mal im dicksten Walde ... ihre Kinder loswerden, da waren wir stehengeblieben und – ... nich doch, jetzt plärrt der wieder. Nich doch, Karsten, komm mal hier, wat ... na wat ... na wat is denn? Komm! So, nu komm, warum die die loswerden wollten? Ja, hab ich doch gesagt, weil – äh als Sparmaßnahme sozusagen, wenn man kein Geld hat, muß man sparen, und am besten spart man immer am Teuersten. Und dat Teuerste, wat die Eltern überhaupt nur haben können, sind die Kinder. Und deshalb wollten die ihre Kinder ... nu hör auf. Vielleicht wollten die ja auch gar nich, sondern dat war nur als Spaß gemeint und ein Mißverständnis – wartet doch mal ab, wie't weitergeht, is doch möglich, daß der Vatter gleich sagt: »April, April, wir haben im Lotto!« – Is ja gut! – Oder sie finden das Geld, was da fehlt, mitten im Walde unter einem Pilz ... auch nich? Au warte mal, da fällt mir grade eine andere Möglichkeit ein: Gretel hatte ja überhaupt eine Schürze um, und wie sie die so ganz aus Versehen mal offen hielt, da fing der Himmel plötzlich zum regnen an und alle Sterne fielen herunter und waren aus lauter Gold und knallten mitten in die Schürze rein als sogenannte Sterntaler und alle waren glücklich und zufrieden und Hänsel und Gretel, ne, merkt ihr schon, brauchten überhaupt gar nich mehr stattzufinden.

Ja, siehste, das is fein. Nu setzt ihr euch alle wieder schön hin, und gibt auch überhaupt keinen Grund zur Veranlassung. Also: Hänsel und Gretel – lassen wir jetzt weg und machen lieber Schneewittchen, das wird euch alle auch bestimmt besser gefallen, weil Schneewittchen spielt in viel feinere Kreise. Ihr wißt doch alle, wer diese Sylvia Sommerlatte is, ne? Eine Königin, richtig, Antje. Und eine Königin ... ja, wat is eine Königin? Eine Königin is – wenn – dat hat jetzt wat mit dem Geschlecht zu tun. Also wenn ein junges Mädchen eine Königin werden will, muß sie ein altes Geschlecht sein oder – äh – ein blaues. Blut, ne? Weil das Blut einer Königin – bei de Rennpferde gibt es das übrigens auch — oder nee, die müssen ja voll sein – Voll-Blut. Also machen wir Schneewittchen lieber ohne Rennpferde. Schneewittchen war – ja, genaugenommen war sie noch gar nich geboren, wie dat Märchen anfängt, sondern nur ihre Mutter. Also ihre Mutter, die war bereits geboren, also die alte Frau Sommerlatte, und die gab sich eines Tages hin, und zwar dem »Nadelwerk«, wie man früher sagte, also zu Deutsch, sie stopfte die königliche Socken. Und da dachte sie so: Wenn ich jetzt hier beim Stopfen ein Kindlein empfange, wie soll das wohl aussehen, falls Schneewittchen ein Mädchen wird, damit die auch

’n anständiget Paßfoto kriegt? Also, weiß wie Schnee, schwarz wie Ebenholz, falls se Haare hätte – und in diesen Moment piekt sich die arme Frau mit ihren Stopfpilz genau in den Mittelfinger und ihr blaues Blut tropft blutrot in den Schnee – im letzten Moment muß die den Finger noch aus ’n Fernster gehalten haben, vor lauter Geistesgegenwart, und denn fielet ihr ein: »Rot wie Blut« für Schneewittchen seine Lippen, weil in diese Beziehung is ja eine Königstochter wie Marmelade. Wenn man reife Erdbeeren so einkocht wie se sind, werden die grau und schmecken prima, aber als Königstochter muß man ein bißchen Farbstoff mit im Weckglas tun, damit man am Heiratsmarkt nachher nich als Sonderangebot … ne?

Also Schneewittchen war ein sozusagenes Wunschkind, wenn ihm bei seine Geburt nicht ein kleines Mißgeschick unterlaufen wäre, ein Kunstfehler, ne, weil seine Mutter, also die königliche Sockenstopferin – aber nu fangt bitte nich gleich wieder am heulen an! – die königliche Mutter von Schneewittchen is bei de Geburt von ihrem heißgewünschten »Schnee, Blut und Ebenholz«, da is die wohl so ’n bißken ausgeflippt bei die Gelegenheit – irgendwie is die da – ach dat hat doch gar kein’ Wert mit euch – dat is doch – also irgendwie mußte die Mutter von Schneewittchen – kriegte sie einen Anruf und mußte plötzlich verreisen, wie dat Kind geboren wurde, und dadurch wurde Schneewittchen genauso wie Hänsel und Gretel und brauchte eine Stiefmutter. Und diese neue Stiefmutter, also so ’ne Art Frau Sommer-Vize-Latte, die hatte ein Verhältnis und zwar zu einen gewissen Spiegel.

Weiß ich, Kläuschen, dat ihr den abonniert habt, aber der Spiegel von die Königin war aus Glas, wie in Badezimmer, und sagte nich nur die Wahrheit, sondern sogar die reine, ne – Wahrheit, nämich daß Schneewittchen noch tausendmal schöner wäre wie die alte Ziege selbst. Und da ging die natürlich anner Decke wie von so'ne Tarantella gepiekt: »Dieses Miststück!« war se dran, und dann fielen die vielleicht Schimpfwörter ein, mein lieber Scholli, ich meine, ich will euch jetzt nich zunahetreten, aber da könntet ihr vielleicht sogar noch von lernen. Und dann meinte se so ganz hinter–eh–gründig: »Aber warte mal, mein liebes Schneewittchen, Rache is dat Einzige, wat süß is und trotzdem nich dick macht!« Und nu hatte die ein' Jäger, Schneewittchen seine Stiefmutter, also einen Herren mit Jagdschein, und zu den sagte se: … ach so, jetzt sollten die ja wieder im dicken Wald und er sogar die Leber von den Kindlein …

Moment, warte mal … ach du lieber Gott! – Kinder, paßt mal auf: … ach Quatsch, ich laß dat lieber und will stattdessen mal so sagen:

Eines Tages ging Schneewittchen mit den Herrn im Wald, am besten im Teutoburger Wald, und wen hat sie da wohl getroffen?

Wat? – Na ratet mal!

Asterix und Obelix, genau! Und nu seht Ihr endlich, wie schön so Märchen sind!

Partner im Verkehr
oder
Die Kunst, Leute zu ärgern

Also Sie, mir is da neulich ein Dingen passiert – oder nä, dat heißt: mir is kein Dingen passiert, weil dieser andere Idiot ja gebremst hat, ne? Ich kam bei uns die Ausfahrt raus in mein Wagen, beziehungsweise mehr so in Gedanken, und da fährt ja meistens kein Aas die Straße lang, weil wir ja eine Sackgasse sind. Aber wie ich den Morgen so mit Schmackes um die Ascheimer biegen will unten anne Lingusta-Hecke – auf einmal quietschtet: steht da dieser Heini mit qualmende Bremsbacken und hätte mir mit seine Stoßstange fast die Seite eingebeult. Sicher, ich hatte als Verhütungsmittel noch geistesgegenwärtig den Motor abgewürgt, aber dat Gemeine war ja: Er war im Recht, ne, im Vorfahrtsdingens, und dat sind ja meistens die Schlimmsten.

Und deshalb dacht' ich auch gleich: »Hoffentlich springt der jetzt raus und – und … haut mir eins inner Fresse! Weil wenn er mich dann anzeigen täte, dann kann ich mir ja dat blaue Auge vom Vertrauensarzt genehmigen lassen und dann kriegt der für seine Vorfahrt von mir aber eine Körperverletzung am Latz geknallt, daß er die Engel im Himmel … da – alles. Und hab' ich auch noch extra die Scheibe runtergedreht, für daß er auch anständig zuhauen konnte und sich richtig schön in sein Unrecht setzen.

Ja, und wie ich dadrauf so warte, auf einmal – passiert gar nix. Ich kucke hoch, da sitzt der andre ruhig da und glotzt mir fröhlich entgegen! Wenn er wenigstens noch'n Vogel gezeigt hätte oder diesen Götz von Berlinchen, dieset geflügelte Wort vom Auspuff, ne – nich mal mitte Faust gedroht hatter, sondern bloß gelächelt! Sie, da bin ich aber raus aussen Wagen, den andern die Türe aufgerissen, ich sag: »Dieset feudale Grinsen nehmen Sie sofort zurück! Erst Rechthaben und dann auch noch frech werden!« Nein, meinter, seine Freundlichkeit wär' keine Schikane, sondern die neue Mode, außerdem wär' ja halb so schlimm, seine Bremsen hätten ja funktioniert, nicht mal Blechschaden, und ich sollt' mich über mein Fehler nich so ärgern, er hätte auch schon welche gemacht ... ich sag: »Das sieht man Ihnen auch an, bei diese Umgangsformen, Sie Pfeife! Ich bin unfallfrei – von ein kleinen Totalschaden mal abgesehen, und ich fahr' hier seit 13 Jahren jeden Morgen ohne hinzukucken und ausgerechnet so ein Blödmann wie Sie ...« sag ich: »Wissen Sie überhaupt, daß Sie nach § 1 die Vorfahrt gar nich erzwingen dürfen??«

Also ährlich, Sie, ich hab bei frühere Anlässe noch jeden in Rage gebracht, aber der war auf eine so gemeine Tour freundlich, sagter: »Paragraphen sind doch bloß für die, die't sowieso nich lernen!« Und ich könnte ja revanchieren, indem ich auch mal einen fahren lasse, der gar nich dran is, winkt mir zu und weg war er.

Bestimmt Sie, ich bin mitte Schnauze sonst gut zu Fuß, aber gegen so Kanaken is man ja als Mensch richtig machtlos. Ich hab mich so geärgert über den, Tropfen genommen, alles, und dann hab ich mir gesagt: »Bitteschön, wenn die Menschheit so behandelt sein will – das kann ich auch!« Und seitdem – is mir scheißegal, wat die Kollegen denken – seitdem bin ich im Verkehr immer richtig schön Partner. Und Sie glauben ja gar nich, wat dat für ein Spaß macht, wenn man die andern mitte Freundlichkeit ärgern kann.

Neulich zum Beispiel: ein ganz teuret Weib, also fast eine Dame kann man sagen, saß da offen in so ein englischer Flitzer, auffe linke Spur, wie't sich gehört, obwohl kurz vor de Baustelle schon Überholen verboten war. Ja, und nu merkte man richtig: wollte se gern, aber konnte se nich! Spinkste se immer schief durch de Sonnenbrille, wenn wir so nebenander standen, ob ich nich vielleicht verpennen würde, wenn't weitergeht, damit sie sich bei mir vor de Stoßstange klemmen könnte. Ich denk so: »Warte, du Luder!« Und wie wir so grade wieder Schritttempo draufhatten, ich den Hintermann ein Zeichen gemacht, auffe Bremse getreten und ihr mitte Hand ein Kratzfuß zugeschmissen: »Bitteschön, wenn Ihn' mein bescheidner Mittelklassewagen zum Einfädeln nich zu mickerig is …« Kuckt se mich so an mit ihre Augenbrauen, dann mit Vollgas in die Lücke rein. Die hat sich vielleicht geärgert, aber wat sollte se machen! Jetzt hing se vor mir und wollte mir wieder eins auswischen, aber – keine Gelegenheit, war ja einspurig, dat Stück. Nu stand allerdings am Randstreifen einer, der wohl 'n Keilriemen ausgewechselt hatte oder sein Kind mußte mal was Großes, und der war am Blinkern, weil er wieder inner Kolonne wollte. Und den hat se beim Schopfe gegriffen, mir ein Handzeichen gemacht, als wenn ich inne Tüte blasen sollte, und dann hat se den vorgelassen. Aber nu war se festgelegt auf dat Nettsein, ne, wollte ja nich zugeben, daß Sie mich eigentlich bloß zurückärgern wollte mit ihre Gnade für den andern. Deshalb wie wir später ein' LKW überholen wollten und der kam so plötzlich nach links gependelt und kriegte dann'n Schreck, da hat se den nich mal angehupt, sondern so getan, als wenn se – wie gesagt – eben immer so'n schönen Charakter hätte … ganz freundlich im Führerhaus reingewinkt. Der Fahrer war so vonne Socken, daß der sich bei mir dann noch entschuldigt hat, wie ich vorbeikam, mit ein peinlichem Achselzucken.

Und dat Komische is, mit diese Tour kriegen Se fast jeden. Weil die meisten ja stolz sind, die woll'n sich nix schenken lassen. Und deshalb is diese Freundlichkeit wie ein Pflaumenkuchen – mit Hefeteig: Wenn Se die Hefe erstmal gehen lassen, dann wird der Kuchen so schnell mehr, dat glaubt man gar nich. Sicher, wird immer welche geben, die andere ihre Freundlichkeit kassieren, ohne selbs wat rauszurücken. Nu gibtet manche Partner im Verkehr, die zwar vorne lächeln, aber hinten mit den Zähnen knirschen, aber sowat hat natürlich kein' Wert: Man muß auch hinten ein freundliches Gesicht zeigen, denn sonst tut man sich ja selber ärgern … und nich die andern. Mensch bleiben …

Übrigens auch Fußgänger kann man wunderbar mit piesacken, wenn man nett ist – vor allem, wenn einer schon mal so extra langsam über de Straße watschelt, weil er merkt, dat man't eilig hat. Ja, wenn ich jetzt aber ganz vorsichtig am Zebrastreifen ranfahre und so tue, wie wenn ich de Ruhe selber wäre, dann hab ich den natürlich den Spaß versaut und latscht er ganz normal da rübber, ärgert sich aber so richtig heimlich, wat ich für ein höflichen Menschen bin und er nich! Und deshalb sag ich immer: Freundlichkeit is die größte Gemeinheit, die man dem Mitmensch überbraten kann. Und seit ich diese neue Masche habe, macht mir der Verkehr wieder richtig schön Spaß. Ährlich.

Der »geraubte« Zündschlüssel – Vielen Dank, Herr Staatsanwalt

Staatsanwalt: So, Herr Tägtmeier, also das ist ja eine schöne Geschichte: Sie kommen hierher und gestehen mir so ganz frisch-fromm-froh-frei, daß Sie selbst der Mann sind, der mich gestern nacht in der Bottroper Allee beraubt hat!
Tägtmeier: Nein, Herr Staatsanwalt! Das ist – eh – nicht so, das war ja auch gar nicht gestern nacht, sondern heute morgen, halb drei Uhr so rum, ne? Ich kam ja vonne Spätschicht, hatte noch 'n paar Überstunden gekloppt …
Staatsanwalt: Aber Sie haben mir doch eben gestanden, nicht wahr: »Ich bin der Mann, der Ihnen heute nacht die Autoschlüssel abgenommen hat!«
Tägtmeier: Jawohl! Aber das hab' ich doch nur getan – woll'n mal sagen: als Mensch!
Staatsanwalt: Na, als was denn sonst!!
Tägtmeier: Naja, ein bißken auch, weil ich doch hinten jetzt den Schaden hab.
Staatsanwalt: Wo?
Tägtmeier: Am Mopped. Da ist doch – ich weiß nicht, ob Sie schon mal mit'm Moped gefahren sind – das hintere Schutzblech, ne, das ist doch inne Wicken! Und Rücklicht und Nummernschild auch!
Staatsanwalt: Herr Tägtmeier, Sie haben mich niedergeschlagen heute nacht! Und dann haben Sie mir den Schlüssel aus dem Zündschloß gezogen!
Tägtmeier: Nein, Herr Staatsanwalt, das ist jetzt ganz schön aber ein Mißverständnis! Niedergeschlagen sind

Sie selbst, also persönlich! Weil ich stand doch da anne Kreuzung und war auf Grün am Warten. Und dann kamen Sie so mit Karacho mit ihr'n Rekord angebraust und sind Sie von hinten auf mein Schutzblech draufgeknallt, daß ich bald auf de Schnauze gefallen wäre, ne? oder – wie sagt man hier vorne, Antlitz – alles. Und wie Se dann ausgestiegen sind, dabei sind Sie auf die Schnauze geflogen.

Staatsanwalt: »Auf die Schn…« – Ja, wie reden Sie denn mit mir!!

Tägtmeier: Jawoll. – Ich meine ja nur, weil Sie doch so mächtig einen hängen hatten!

Staatsanwalt: Einen … was?

Tägtmeier (verlegen lachend): Tja, ich weiß nicht, wat Sie dafür sagen, Sie haben da sicher andere Fremdwörter für, daß Sie besoffen waren … blau wie'n Veilchen, bis oben hin voll, wie Strandhaubitze. »Hilflose Person« … oder wie dat da heißt.

Staatsanwalt (mit Autorität, aber völlig sinnlos): So! – meinen Sie …

Tägtmeier (unsicher werdend): Ja, also entschuldigen Sie schon mal, daß ich da so'n bißken gerochen habe …

Staatsanwalt: Aha, Herr Tägtmeier, jetzt kommen wir der Sache näher: wonach haben Sie denn gerochen?

Tägtmeier: Nach Ihrem Atem – luft … duft … lüfte, alles, ne? Wie Sie so dalagen und mit den einen Finger inne Straßenbahnschiene zugange waren und ha'm da den ganzen Dreck rausgestochert und immerzu »Scheiße« gesagt, da, ich meine, Sie sprachen so richtig unverständig, daß ich das Wort erst gar nicht verstanden habe, obwohl es mir natürlich bekannt vorkam. Und da hab ich mich so runtergebeugt bei Ihnen und … *(er lacht anerkennend)* also wenn Sie 'ne Dame gewesen wären, könnt' man denken, Sie hätten sich mit Steinhäger parfümiert, so ha'm Sie gestunken.

Eisiges Schweigen des Staatsanwalts.

Tägtmeier räuspert sich verlegen.

Staatsanwalt: Ja nun … äh. So.

Tägtmeier: Nä auh, Mann, Junge!

Staatsanwalt: Ja … *(gepreßt)* Ich kann mich nicht erinnern, Sie unterbrochen zu haben. Also weiter bitte?

Tägtmeier: Jawohl, bitte. Also das heißt: ich hab das ja heute morgen, ne – wie das passiert ist –, da hab ich ja gedacht, Sie wären nur so ein richtiger Mitmensch, ne? Daß Sie in Wirklichkeit ein Staatsanwalt sind, das bin ich ja erst auf'm Verkehrsamt gewahr geworden.

Staatsanwalt: Also da waren Sie auch schon?

Tägtmeier: Jawoll, weil wegen Ihrem Kennzeichen, die mußten mir ja da erst sagen, was Sie für eine Nummer sind! Denn wie ich Ihnen gestern wieder im Auto drinhatte, da ha'm Sie mir ja nur erzählt, daß Ihre Gattin Elfriede heißt und ich könnt Sie – mal ruhig im Mondschein begegnen. Und deswegen hab ich ja auch die Schlüssel abgezogen, für daß Sie nicht mit'n Staatsanwalt in Konflikt … ja nä seh'nse, aber ich wußte ja nicht, daß Sie selbst einer sind von diese Sorte. Sonst hätt' ich ja die Schlüssel stecken lassen, is klar, und hätten Sie den Konflikt mit sich allein … oder unter sich selbst ausmachen können! Das war ja vielleicht für Sie auch bequemer gewesen.

Staatsanwalt: Schön, also was mir bequemer ist, das wollen Sie bitte mir überlassen.

Tägtmeier: Jawoll.
Staatsanwalt: Es ist Ihnen doch klar, Herr Tägtmeier, daß Sie das, was Sie jetzt hier erzählt haben, auch beweisen müssen. Sie haben doch bestimmt einen Zeugen!
Tägtmeier: Jawohl. Ich selbst bezeuge es hiermit, und beschwöre es an Eides statt, also, ich kenn' das bloß aussem Fernsehgericht, wo der eine Oppa da immer die ganze Sachen zurechtschaukelt: Ich beschwöre hiermit im Namen des Volkes, daß ich nix gesagt habe, ne? Das heißt: außer die Wahrheit. Tja, weiß ich auch nicht …
Staatsanwalt: Ja, das mag ja gut und schön sein, Herr Tägtmeier, aber als Angeklagter werden Sie sowieso nicht vereidigt.
Tägtmeier (mild): Ja, jetzt tun Se sich schon wieder vertun, Herr Staatsanwalt: ich bin ja gar nicht Angeklagter! Ich wollte doch nur wegen mein hinteren Schaden, Schutzblech, Nummernschild und Rücklicht …
Staatsanwalt: Herr Tägtmeier, jetzt mal Butter … hier zu den – Fischen! –, haben Sie – ja oder nein! – haben Sie meine Autoschlüssel …
Tägtmeier (verzweifelt): Aber ich kann doch nicht einen fahren lassen, wenn es die Menschheit gefährdet! Dann tu ich mich doch strafbar machen!
Staatsanwalt: Haben Sie meine Autoschlüssel genommen, ja oder nein?
Tägtmeier (klein): Jawohl. Und deshalb bin ich ja auch hierhergekom…
Staatsanwalt: Soweit sind wir noch nicht! Also das mit den Schlüsseln geben Sie zu, schön. Und was war dann weiter, was haben Sie dann gemacht?
Tägtmeier: Hab' ich nachgekuckt, ob kein Gang drin ist.

Staatsanwalt: Wo kein Gang drin ist?
Tägtmeier: Bei Ihnen, also daß Sie schön Leerlauf hatten, weil es sonst so schwer geht.
Staatsanwalt: Was geht schwer?
Tägtmeier: Zurückschieben, ne? Ich hab mich ja das eine Fenster von ihr'n Auto runtergedreht für zum Steuer anfassen und dann hab' ich Ihnen doch 20 Meter zurückgeschoben bis anner nächsten Parkuhr, hab ich noch 'n Groschen dringestochen, ich Blödmann, weil ich nich dran gedacht hatte, daß man nachts ja sowieso für lau parken kann.
Staatsanwalt: Schön, meinetwegen, das ist ja schließlich Ihre Sache. Und was haben Sie dann weiter getan?
Tägtmeier: Ja, – weiß ich auch nicht – dann bin ich wieder zu mein Mopped hin – und ... eh: aber *(nervös)* wat is denn nur los? Ich will Ihnen hier nicht weiter die Zeit – entwenden, ne, ich wollte ja bloß wegen meinen hinteren Schadensfall, Schutzblech, Rücklicht und ...
Staatsanwalt: Meine Zeit überlassen Sie ruhig mir, Herr Tägtmeier, wenn Sie mir schon meine Autoschlüssel stehlen, dann kommt's mir auf ein paar Minuten auch nicht an. Also, wie war das: Sie gingen zu Ihrem Moped und was haben Sie dann gemacht?
Tägtmeier: Jawoll, dann habe ich gemacht – also, daß ich nach Hause kam, ich hatte ja 'n paar Überstunden gekloppt ...
Staatsanwalt: Genau, bitte! Was haben Sie gemacht?
Tägtmeier: Geschoben. Wegen mein Rücklicht, weil wenn ich gefahren wäre und hinten nicht beleuchtet bin, mach' ich mich ja strafanfällig, und das wollt' ich doch vermeiden!

Staatsanwalt (schleimig): Und die Polizei oder einen Arzt oder ein Krankenhaus haben Sie nicht benachrichtigt?
Tägtmeier: Nein, sonst hätten die Ihnen ja …
Staatsanwalt: Danke, Ihr Nein genügt mir schon. – – Tja, Herr Tägtmeier, das sieht ja nicht sehr schön aus, was Sie hier so erzählen, da werden wir wohl ums Gefängnis nicht herumkommen, nicht wahr?
Tägtmeier: Glauben Sie ehrlich?
Staatsanwalt: Tja, so, wie die Dinge nach Ihrer Aussage liegen …
Tägtmeier: Also das täte mir leidtun; denn ich meine – schön: ich war ja auch ganz schön sauer auf Sie, aber – Herr Staatsanwalt: is schon vergessen, ne? Und ich meine, ich hab' Ihnen das alles ja nicht als Beamtsperson ausgesagt, sondern als Mensch und wenn Sie jetzt im Knast gehen täten, da krieg ich ja auch kein neuet Schutzblech von!
Staatsanwalt: Wieso ich? Ich spreche von Ihnen, Herr Tägtmeier!
Tägtmeier: Wa?
Staatsanwalt: Sie haben mir hier im Laufe der Einvernahme unumwunden gestanden, daß Sie erstens eine fremde bewegliche Sache, nämlich meine Autoschlüssel, sich widerrechtlich angeeignet haben – das ist Diebstahl, und zweitens haben Sie weder Polizei noch einen Arzt noch ein Krankenhaus auf meinen Zustand aufmerksam gemacht – das ist unterlassene Hilfeleistung. Und für beide Delikte gibt es nun mal Gefängnis. Daß Sie meinen Herzanfall irrtümlich für Trunkenheit hielten, will ich Ihrer Einfalt zugutehalten, und Dummheit, ist ja, leider, noch immer nicht strafbar.

Tägtmeier: Wat is los? Wie?! Jetzt machen Sie aber mal'n Punkt! Also … Junge, Junge, das ist doch gar nicht … Jetzt biste doch von de Socken … ich meine … *(er brüllt)* Ja ich bin doch nicht verrückt oder vielleicht noch Ihr Affe hier!
Staatsanwalt (brüllt): Hier brüllt nur einer und das bin ich, verstanden? Verlassen Sie sofort mein Zimmer!!
Tägtmeier (kippt um): Jawoll. – – Das heißt, Herr Staatsanwalt, ich hab' doch bloß … *(weinerlich)* verdammtnochmal, und das hab' ich nun davon! Kucken Se mal, unse Omma hat auch Herz – wie Sie, »vegetative Symphonie« hat die, aber wenn die ihre Anfälle kriegt, dann hat die noch nie nach Steinhäger gestunken, ehrlich. Wie soll ich wissen, daß das mit Ihren Herzen anders läuft … oder riecht! – Kann man denn da gar nix machen, ich meine, ich hab Ihnen das doch alles nur privat erzählt, wegen mein Schutzblech und Nummernschild und Rückleuchte … daß wir vielleicht bißken halbe-halbe machen …
Staatsanwalt (mild): Tja, leider, Herr Tägtmeier – da ist nichts zu machen: ein Staatsanwalt ist i m m e r im Amt, nicht wahr, und wenn ich etwas erfahre, was strafbar ist, dann …
Tägtmeier: Sicher, ne, versteh ich schon, und weil ich Ihnen da diese ganze schlimme Sachen, wo Se eben von sprachen, was ich Ihnen alles angetan hätte: Hilfeleistung und die widerrechtlichen Autoschlüssel und das alles – jetzt will ich Ihnen wirklich nicht auch noch das Gewissen – also Ihr Pflicht-Dingens da beschädigen. Sind Sie doch mal Mensch! Kucken Sie mal: wenn ich nun versuchen würde, wieder gerade zu biegen …

Staatsanwalt: Was denn geradebiegen?
Tägtmeier: Mein Schutzblech, ne – selber!! Sicher, das ist nicht leicht, daß das wieder schön aussieht, aber mein Gott, – ist ja schließlich hinten, ne, da kuckt man ja sowieso nicht so genau hin. Und dann – jau, jetzt fälltet mir gerade wieder ein: ich glaub, ich hab unten im Schuppen, da hab ich noch'n alten Rückstrahler, wenn ich mir das schön streichen täte, dann wäre mir vielleicht gar kein Schaden entstanden durch – eh – Ihre Herzensschwäche. Kucken Se mal, Herr Staatsanwalt: hier haben Se Ihre beweglichen Autoschlüssel wieder, und ich hab mir doch noch nie was zu Schulden kommen lassen – einmal einen Tag Bau beim Kommiß, weil ich beim Appell … einmal ein Knopp anne Hose fehlte – das ist alles in meinem ganzen Leben; kein Verkehrsunfall, noch nie was geklaut, nicht mal im Betrieb, könn' Se fragen! Ich bin da schon 16 Jahre jetzt und noch nicht einmal am schwarzen Brett gehangen mit Bußgeld, weil ich immer vorschriftsmäßig gewesen bin, auch mitte Verhütungsmittel: – – ich geh' nie ohne Schutzhelm überm Gelände!
Staatsanwalt: Na ja, ist gut, Herr Tägtmeier, ist gut! Das sollte ja doch wohl für einen normalen Staatsbürger selbstverständlich sein, nicht wahr, daß man unbescholten durchs Leben geht, da brauchen Sie sich nun weiß Gott nichts drauf einzubilden!
Tägtmeier: Jawohl, ich wollte ja auch gar nicht …
Staatsanwalt: Na ja, das ist ja nun – ach Gott! – aber wir müssen ja mal zu Ende kommen. Also: Ich habe meinem Herzen nochmal einen Stoß gegeben …
Tägtmeier: (*Seufzer!)*

Staatsanwalt: … und will Sie für dieses Mal mit einem blauen Auge davonkommen lassen, ich werde also auf die Anklageerhebung verzichten, …
Tägtmeier: Aah!!
Staatsanwalt: … – aber ich hoffe, Sie lassen sich das eine Lehre sein; denn wenn ich Sie nochmal erwischen sollte, mein Lieber, dann sind Sie dran! Also, Herr Tägtmeier, – auf Wiedersehen!
Tägtmeier: Ach, da hab ich aber nochmal … Da fällt mir aber ein Zentner … vonne Brust … also herzlichen Dank, Herr Staatsanwalt, für alles. Und – eh – tja, also dann: Wiedersehen und gute Besserung mit de Pumpe.
Staatsanwalt: Moment! Hier – haben Sie den Groschen wieder, den Sie heute nacht in die Parkuhr gesteckt haben! – – Na nun kommen Sie, nehmen Sie schon! Das muß schließlich im Leben alles seine Richtigkeit haben.
Tägtmeier: Ah so … ja sicher … da hamm Sie ja nun auch wieder Recht. Vielen Dank, Herr Staatsanwalt. *(gerührt)* Also wissen Se, Herr Staatsanwalt, ich hab' es ja gleich gemerkt, daß Sie ein Mensch sind, ne, das merkt man Ihnen doch sehr an, spürt man so. Also Dankeschön und ich verspreche auch hoch und heilig, Ehrenwort, wenn dat nächstes Mal passiert mit Ihnen – also – ehrlich, könn'se sich auf mich verlassen – dann passiert mir das bestimmt nicht wieder.

Tegtmeier tiefgefroren
(Neue Aspekte der unsterblichen Seele)

Tegtmeier betritt eine Amtsstube und begrüßt den dort arbeiten Beamten.

T: Entschuldigen Se, ich wollte nur mal fragen, ob ich hier oben richtig bin?

B: Das kann ich so nicht sagen, das hängt davon ab, was Sie wollen.

T: Jawoll. Also ich will – – oder ich möchte, mal so formeliert: ich m ö c h t e mal umkucken, ob ich hier bei Ihnen austreten könnte.

B: W a s wollen Sie?

T: Ja, ich will ja noch nich, aber vielleicht doch, weil ich muß ja nich direkt – oder möchte auch eigentlich gar nich, bloß diesen Tiefkühlschrank, dadurch kommt dat, daß ich jetzt mal fragen wollte, ob ich hier bei Ihnen nicht vielleicht e i n b i ß c h e n austreten könnte – ausse Kirche.

B: Also Sie wollen Ihren Kirchenaustritt erklären …

T: Nix, Herr Beamter, von ›erklären‹ is keine Rede, im Gegenteil, ich will ja nur mal fragen, ob S i e mir erklären könnten, wat ich machen muß, wenn ich austreten will.

B: Das ist ganz einfach, da gibt's hier ein Formular – Name?

T: Tegtmeier, vorne Adolf.

B: Konfession?

T: Äh – Konfession is 54 –, dat heißt, ich hab' jetzt wieder 'n bißken zugenommen, schreiben Se lieber 56. Abnähen kann man immer.

B: Ich meinte nicht Ihre Konfektion, sondern Ihre Konfession, Ihr Glaubensbekenntnis!
T: Also Religion, meinen Sie. Ja, Religion bin ich halb und halb, also Mischehe, ne? Unse Mamma und ich sind halb evangelisch, halb katholisch.
B: Momentmal, will denn Ihre Frau auch austreten?
T: Nein, im Gegenteil, die will ja den Tiefkühlschrank! Und dadurch kommt ja mein Problem! Oder Gewissenswurm, alles, und den wollte ich mal 'n bißken ausbreiten hier, daß Sie mir vielleicht religiös auf de Sprünge helfen könnten!
B: Herr Tegtmeier, da sind Sie falsch bei mir! Ich bin hier lediglich der Beamte, der Ihre Austrittsabsicht hier zur Kenntnis zu nehmen hat, nicht wahr. Das ist ein reiner Verwaltungsvorgang.
T: Ja für Sie vielleicht, aber bei mir ist dat ja auch mit Seele, ne, muß ich ja schön spinksen jetzt, daß ich meine Seele nich vermassele, beim Austreten. Kucken Se, mal angenommen, ich bin ausgetreten und mir passiert wat, ja, dann komm ich bei uns auffen Friedhof nich etwa in die richtige Kapelle – dat is ein Neubau mit so Nieren-Fenster und eine ganz schiefe Seitenwand, richtig schick gemacht, aber die is nur für Mitglieder, ne. Und die Ausgetretenen kommen in die alte Kapelle, Eingang Wambeler Weg, da ziehtet, is am Durchregnen, und die Holzbänke sind so unbequem, dat die Zuschauer schon vom Sitzen ganz traurig werden. Und dann gibtet ja auch bloß so einen Aushilfs-Redner, dat is bei uns der Jupp Koselowsky, der war früher Bademeister – ich meine, der is nich schlecht, der Mann, der hat zum Beispiel die Emmi Strottenkötter, wie die da das Zeitliche geseg-

net wurde, wieder ganz schön zurechtgebogen – ihren Lebenswandel, dat hörte sich aus den sein'm Munde gar nicht so unanständig an, wie die immer gewesen wär … Bloß der kann mich nich leiden und …

B: Herr Tegtmeier, bitte hören Sie mal zu: Ich darf hier keine Ratschläge in Glaubensdingen geben, da müßten Sie sich schon mal mit einem Geistlichen zusammensetzen …

T: Au nee, Herr Beamter, ein Geistlicher is nich dat Ei des Kolumbus, den kann ich dat doch gar nich zumuten bei die Probleme, die die selber haben: die sind doch auch selbst immer am Spekulieren, ob se austreten sollen oder nich. Bei de Katholische zum Beispiel: Zölibat, dieses Damen-Problem, wo die dauernd mit zugange sind – ich meine, wenn die schon verheiratet wären, dann könnte man mit die vielleicht eher über so'n Tiefkühlschrank reden, sagt auch die Edith Gumbach, die kennt unsern Dechant persönlich, und, ich meine, falls der mal freigegeben wird – ja, könnte sein, daß Sie dann sogar … oder wie't in den Gleichnis heißt: isse jedenfalls eine von die klugen Jungfrauen, die ihr Öl immer auf de Lampe hat, daß se ihm dann schön gemütlich machen könnte, alles. Und die weiß auch über Tiefkühlschränke Bescheid …

B: Herr Tegtmeier, wenn Sie was über Tiefkühlschränke wissen wollen, müssen Sie in einen Elektroladen …

T: Nein, da war ich ja schon, rein kühlmäßig is die Sache klar, bloß mitte Seele bin ich immer noch am Spekulieren! Kucken Se, es gibt doch zwei Typen: richtige Schränke, die aussehen wie ein Spind, mit Fächer drin, und dann gibt es diese Truhen, mit so'n Deckel obendrauf, und die sind – dat hab ich im Geschäft gleich ausprobiert: Schuhe aus und dann bin ich da mal reingeklettert – also mit so'ne 500-Liter-Truhe käme ich ganz gut aus. Muß man zwar die Beine bißken anziehen und 'n Kissen im Kreuz tun, und dann is so'n Dingen ganz bequem.

B: Bequem – wozu!?

T: Ja, für de Unsterblichkeit, natürlich, kenn' Sie dat gar nich?

B: Was kenne ich nicht?

T: Passen Se mal auf, dat geht ganz einfach: Nehmen wir mal an, Sie wären eine Schweinehälfte …

B: Erlauben Sie mal, wie reden Sie denn mit mir …

T: Entschuldigen Se schon mal, die Schweinehälfte is mir so rausgerutscht – Sie könnten natürlich auch ein Obst sein, eine Pflaume zum Beispiel – aber nä, dann würde man Sie wohl doch besser einkochen, als Marmelade … bleiben wir besser bei Schweinehälfte, Herr Beamter – is Ihr Vorteil, passen Se auf: Sie werden erstmal sauber gemacht, aber nich mehr eingepökelt wie früher, sondern so wie Sie sind kriegen Se jetzt einen Schock – minus 25 Grad, glaub' ich, aber wenn Ihnen dat zu kühl is – is oben so ein Knöppsken anne Truhe, können Se einstellen.

B: Aber was hat denn das mit der Unsterblichkeit zu tun, Menschenskind!

T: Dat kann ich Ihnen sagen: Wenn Sie als Schweinehälfte n i c h t frieren, dann sind Sie nach – also spätestens zwei Wochen sind Se hinüber. Aber tiefgefroren bilden Sie Monate später noch ein schmackhaftes Kottlett. Außer – da müssen Se natürlich aufpassen, daß Ihnen niemand den Deckel offen macht oder sogar den Stecker rauszieht, dann is natürlich Sense, ne? Dann werden Se nämich wie ein Spinat, der mal aufgetaut is, aber wenn man den jetzt zum zweiten Mal einfriert, dann is die Unsterblichkeit trotzdem im Eimer und – nehmen wir mal an, Sie wären Baby-Nahrung, dann kriegten die Kinder nach Ihnen Durchfall.

B (langsam irre werdend): Ich bin aber kein Spinat, Herr Tegtmeier, ich bin ein Beamter, der …

T: Is klar, denn Sie ham ja auch – in Gegensatz zum Spinat ham Sie ja eine Seele, – dat heißt, der Spinat hat dafür Aroma, dat is ungefähr datselbe. Und dat is ja dat Schöne anne Tiefkühlkost – dat die Seele miteinfriert. Kucken Se, ein Kollege von mir, der Walter Nemczik, der steht zum Beispiel auf Seelenwanderung. Der hat so indische Bücher in sein' Nachttisch und da steht ja: Sobald der Mensch die Seele inner Luft haucht, fegt die ab – oder »Davon« – und kriecht in einem Tier rein. Und deshalb kuckt der Walter auch immer diese Tiersendungen im Fernsehn – »Ja,« meint er, »wenn der Grzimeck da zum Beispiel eine Fledermaus auffe Schulter hat – vielleicht is dat die letzte Schangse für nochmal unser Omma anzukucken!« Und ehrlich, ich glaube auch, dat da wat dran is, denn mir is vorige Woche in Stadtpark, da is mir ein Hund begegnet, der knurrte mich schon von weiten so an, wie er mich kommen sah – ich gleich 'n andern Weg gegangen, aber er hinter mir her und wollte mir tatsächlich anne Hose. Nu hatte ich zum Glück so'ne Einkaufstüte bei mir, aus Plastik, und damit hab ich denn versucht, ihn von meinen Leibe zu schlenkern. Aber auf einmal, wie er so vor mir stand, die Zähne so gefletscht und schwer am Hecheln, da kam mir dat Gesicht auf einmal wieder bekannt vor, ne, dat muß ein früherer Obersteiger von uns gewesen sein. Und ich sag auch für den Hund, ich sag: »Hörma«, sag ich, »Sie ham mir jetzt gar nix mehr zum Sagen! Weil ich bin jetzt nämlich schon seit vier Jahre nich mehr am Pütt!« Zack – wollt er von hinten an meiner Wade, ne. Jetzt wollt ich ihn natürlich auch nich treten – als ehemaliger Vorgesetzter: »Pfui!«, sag ich, »Pfui! Jetzt müssen Se doch mal Mensch bleiben und einsehen!« Nu hatte ich zum Glück 'n Stück Plockwurst inne Tüte, dat hab ich ihm hingeschmissen, ich sag: »Hier bitte, aber mehr gibt' nich! Hätten Sie sich damals rechtzeitig einfrieren lassen, dann säßen Se jetzt gemütlich in Ihren Keller und brauchten nich hier von Baum zu Baum …« Aber dat war schon immer ein dämlichen Hund, also insofern hat der sich gar nich viel verschlechtert, bloß sowat sagt man ja nich.

B (weinerlich flehend): Herr Tegtmeier, Sie sitzen hier nun schon 'ne Viertelstunde, müssen Sie nicht endlich mal …

T: Nee, die Zeit nehm ich mir.

B: (schreit): M i r! M i r nehmen Sie die Zeit! Hören Sie doch endlich auf mit diesem Unsinn!!

T (völlig ungerührt): Ja, wenn Se so brüllen, dann weiß ich. gar nich … komm' ich ganz durchnander … welchen Unsinn Sie jetzt meinen … meinense jetzt den mit Tiefkühl?

B schüttelt sich, als wolle er einen bösen Traum verscheuchen

T: Kucken Se, die Unsterblichkeit is ja kein Unsinn, dat wissen Se ja vonne Dichter, weil die unsterblich werden durch ihre Bücher, und zwar immer schon. Aber ideal is dat natürlich auch nich, weil wenn die in jeden Buch ein bißken weiterleben, dann machen die ja aus ihre Seele wie Gehacktes. Karl May zum Beispiel: drei Stück davon stehen bei uns am Büffett, dann am Bahnhofskiosk – der hat mindestens 20, die noch gar nich verkauft sind – und wat so inne Leihbüchereien rumsteht – jeder faßt dat an, manche nehmen sogar Heringsgräten als Lesezeichen – müssen Se zugeben, daß Einfrieren da hygienischer is.

B (hat die Taktik geändert): Jawohl, gebe ich zu.

T: Sehn Se. Dat ham doch die Ammis mit'n Einfrieren, der erste liegt da doch schon paar Jahre jetzt auf Eis, und seitdem is von dem Mann nichts Nachteiliges zu hören – scheint sich sehr wohl zu fühlen. Und dat is eben auch Erzeugnis der Wissenschaft, genau wie im Gegenteil: Wenn Sie zum Beispiel ein Junggeselle wären und wollten trotzdem gern Vatter werden – ja, brauchen Se auch nich mehr diese ganze Protzedur wie früher, sondern genügt ein Tellfonanruf bei ein Forscher, und dann macht d e r Ihnen dat Kind – inne Retorte. Und ich glaub, die ham noch nichmal neun Monate Lieferfrist. Oder auch die Erbanlagen lassen sich ja auch schon wissenschaftlich deichseln: mainzwegen, Sie wünschen sich ein Kind mit anliegende Ohren – bitteschön, müssen Se Ihr sogenanntes Chromosom einreichen bein Gesundheitsamt, und dann tun die dat zurechtbiegen.

B: Das ist eine sehr gute Idee, Herr Tegtmeier, das machen Sie mal, das Gesundheitsamt ist ja im gleichen Haus hier, zwei Stock tiefer, Zimmer 318 müssen Sie sich …

T: Nein, ich nich! Weil ich will ja Kinder will ich ja weniger einfrieren, sondern meine Seele. Ich meine, ich weiß nich, wie dat bei Ihnen is, aber ohne Angabe: ich persönlich habe eine sehr schöne. – Seele. Die is richtig nett – auch andre gegenüber, dat is manchmal richtig peinlich: Wenn Heintje zum Beispiel »Mamma« singt – ehrlich, muß ich heulen, aber glatt. Und deshalb möchte ich die gerne retten, ne? Heutzutage gibtet ja für de Unsterblichkeit bloß Knoblauch und Joghurt, aber mehr als 130-140 Jahre bringt dat auch nich. Wie dieser Ilja Rogoff, der auf die Knoblauchpillen immer abgebildet is. Wenn man aber die Zukunft noch erlebt, und die soll ja demnächst endlich losgehen – ja, dann kriegt man ganz einfach 'ne Spritze im Hintern und damit gehen Sie überhaupt nich mehr kaputt. Und für die Zwischenzeit, wie gesagt, wollte ich fragen, ob ich solange nich bei Ihnen austreten könnte …

B: Jetzt geht das Austreten wieder los!

T: Aber nur wegen de Kirchensteuer, bei de Post geht dat nämlich, wenn man da verreist, kann man den Fernseher solange abmelden.

B: Ja. Schön.

T: Aber wenn ich auftaue, möchte ich wieder drin sein, wenn Se das aufschreiben könnten. Ich will nämich den kleinen Jens von nebenan, der is vier Jahre jetzt – hat also noch anständig wat vor sich an Leben, und den wollt ich fünf Mark geben und zeigen, wo dat Knöppsken is vom Entfroster, dat der mich wieder anknipst.

B: Das soll er mal lieber bleiben lassen.

T: Wie meinen Sie das?

B (laut): Das ist doch alles Blödsinn, Mensch, alles dummes Zeug, was Sie hier von sich geben …

T: Wat is?

B: Da stimmt doch überhaupt nichts von dem, was Sie sich da zusammengereimt haben …

T: Dat hat der immer noch nich kapiert. – Passen Se auf, ich erklär dat nochmal in Ruhe: Wenn Sie eine Schweinehälfte …

B (schreit, überschnappend): Nein! Nein! Sie treiben mich ja auch noch zum Wahnsinn! Ich habe jetzt Tischzeit!! *(ab)*

T (trocken und ruhig): Weg isser. – – Komisch, ne? – dat die Leute immer so wütend werden, wenn man se bei ’ne Bildungslücke erwischt.

Tägtmeier im Mittagsmagazin

Teil I

Teil I ist als Vorspiel gedacht und müßte – am besten ohne Stationsansage – um 13 Uhr unvermittelt an das Pausenzeichen anschließen.

Auf der Bühne des Sendesaals ein Bandspieler mit aufgelegtem Tonband. Tägtmeier *und sein (stummer) Kollege Ellersiek betreten die Szene.* Tägtmeier *deponiert seinen mitgebrachten Blumenstrauß (die letzten Astern aus dem Garten in Zeitungspapier) auf dem Bandspieler, entledigt sich des Jacketts und hängt es über einen Stuhl. Dabei:*

Tägtmeier zu Ellersiek: So, woll'n mal kucken! – Also paß mal auf, Emmil: wenn ich diesen Knopf hier, wenn, ich den drücken täte – das hat der eine Herr, der jetzt da drüben hinter de Glasscheibe, nee – der da, mit die aufgekrempelte Arme und Schlips am Halbmast, der hat mir das erklärt, ne? – wenn ich diesen Knopf hier drücken täte, dann wäre es das fünfhundertste Mal, also woll'n mal sagen: die fünfhundertste Schicht für alle diese Herrschaften hier, und wäre ein Zeichen dafür, daß sie mit ihre Maloche hier anfangen müßten, ne? – mit diese berühmte Sendung MITTAGSMAGAZIN, wo ja Deine Frau auch immer von am Erzählen ist. Kuckma da, jetzt winkt er uns zu …
(laut, winkend) Hallo! Ja, ich bin bereits hier eingetroffen!!

(leise) Komm mußte höflich sein, Emmil, tu mal auch zurückwinken.
(laut) Also dann alles Gute bei de Arbeit, ne? – und hau'n Se mal tüchtig drin!
(leise) Schwer höflicher Mann ist das, ehrlich!
Und zwar hat der mir erzählt: sie hätten hier überhaupt keine Sprecher in Konserve, ne? Wenn hier im Studium einer was von sich gibt, dann könnten es alle Leute in Nordrhein-Westfalen direkt hören, weil es eine Leif-Sendung ist, oder so ähnlich. Und da meint er mit – war er richtig stolz darauf! – meint er wohl so für zum Beispiel: wenn hier einer von die Sprecher mal 'n Schluckauf hat, ne? – dann kann man den nicht einfach hinterher aus'm Radio wieder rausschneiden, sondern dieser Schluckauf geht als elektrische Welle direkt hier oben aussem Dach, wo die Antenne drauf ist, da geht der raus und rauscht ab durch die Lüfte bis bei uns inner Küche. Und das wäre eben das Schöne an diesem Mittagsmagazin hier, daß es alles genauso echt ist wie das Leben persönlich. Kuckma, der ist immer noch am Winken wie so'n Wilden! –
Und wie gesagt, wenn ich jetzt diesen einen Knopf von den Tonband hier – da ist nämich die Anfangsmusik drauf – wenn ich den drücken täte …

Stimme über Kommandolautsprecher: Tun Sie's doch endlich, Herr Tägtmeier, unsere Sendung müßte längst angefangen haben! Nun drücken Sie doch endlich!!

Tägtmeier erschrocken: Jetzt?

Stimme: Natürlich jetzt! Wann denn sonst?

Tägtmeier verschüchtert: Jawoll. – *(leise)* Kannste mal sehen, kaum daß de hier im Radio mal zu Besuch bist, da trägste auch schon die Verantwortung für den ganzen Laden. Komm, nimm unsern Blumenstrauß vom Tonband, sonst fällt der noch runter, wenn das am Drehen anfängt.
(laut) Also ich tu jetzt mal drücken, ja?

Erkennungsmusik

Teil II
Festansprache
Tägtmeier mit Blumenstrauß (ausgewickelt) am Mikrophon

Meine liebe Festversammlung!
Es ist meine Ehre, namens meiner Familie und Familie Ellersiek und auch namens meiner selbst in diese schöne Feierstunde hier – eh – meinen Glückwunsch zum Ausdruck zu verleihen. Und zwar überlegen Se mal selbst: fünfhundertmal, ne? – fünfhundertmal haben diese Männer hier vom UKW – das heißt, sind wohl auch auch 'n paar Damen mit bei – jeden Fall: diese ganze Herrschaften hier haben jeden Mittag, wo andere Leute der Ruhe pflegen, ne? – da haben die nicht gepflegt sondern uns diese schöne Sendung Mittagsmagazin beschert zum Segen und Unterhaltung der Menschheit.
Und zwar hat mir der Eine da vorhin erzählt, das wäre eine ganz billige Sendung, weil se hier ja meistens sol-

che Prominente, also Fußballspieler, Politiker oder auch schon mal andere Leute, die einen künstlichen Beruf üben, die dürften hier zu Worte kommen, und sagt er so: »Das kost' ja nix! Die reden ja gerne für nichts und wieder nichts!« Und dann hätten se ihre Reporter überall zum Sitzen, in ganz Deutschland und sogar da unten bei de Schinesen, da hätten se auch einen, und die brauchten se bloß anzurufen und dann täten die gleich Bescheid sagen, was inne Welt los ist. Und das ist ja doch sehr wichtig für des Menschen Herz, ne?

Ich meine, wenn man schon manchmal so ganz traurig ist und hat schwer Schicksal zum Tragen, zum Beispiel mein Verein, ne? – der hat jetzt drei Sonntage hinternander haben die Pfeifen jetzt schon verloren und dann immer diese dösige Ausreden: Ja –, erste Halbzeit hätten se gegen de Sonne gespielt, zweite Halbzeit wäret am Regen angefangen, oder den Mittelstürmer, den Jupp sein Meniskus wäre noch nicht wieder ausgeheilt und deshalb hätte der Torsteher nicht halten können – da wird man doch ehrlich ganz kniesig von und de Mamma traut sich kaum einem anzusprechen. Aber wenn man dann hier im Radio hört, wie se in München die ganze Fußballkanonen von diesen einen Verein da, wie se die so richtig schön mit Schmackes und Skandal gesperrt haben und Fußballgericht alles, das macht dann die Stimmung gleich wieder besser und wird man frohen Herzens, daß eben … na, wissen Se schon Bescheid.

Und deshalb wünsche ich dem Mittagsmagazin, daß es hier die Menschheit von Nordrhein-Westfalen noch viele glückliche Stunden bereiten möge, hier sind die Blumen!

Teil III

Adenauer-Interview

Moderation sinngemäß: auch heute wieder viele Telefoninterviews, Redaktion fühlt sich überlastet und hat deshalb Tägtmeier gebeten, das nächste Gespräch anzunehmen.

Tägtmeier und Ellersiek an einem Tisch mit dem Telefon. Telefon, Tägtmeier nimmt ab.

Adenauer: Ja, hier ist Adenauer. Wer spricht denn dort?

Tägtmeier (zu Ellersiek): So ein Schlitzohr! – *(ins Telefon)* Hier ist Erhard!!

Adenauer: Also das glaube ich Ihnen nicht, Herr–eh Erhard, daß Sie das sind. Denn eine so präzise Antwort von Ihnen habe ich bisher noch nie gehört.

Tägtmeier: Jawoll! – *(zu Ellersiek)* Du, dat ist der ehrlich! – *(ins Telefon)* Entschuldigen Se man bitte, Herr Doktor, mir ist hier eben ein kleiner Scherz unterlaufen, in Wirklichkeit spricht hier Herr Tägtmeier aus Gelsenkirchen. Ich wollte bloß mal so'n klein' Witz'ken machen, weil ich nicht geglaubt habe, daß Sie der richtige Bundeskanzler wären.

Adenauer: Ja, seh'n Sie mal, Herr Tägtmeier, das ist dumm! Da sind Sie ja leider nicht der einzige, Herr Tägtmeier, der das nicht geglaubt hat. Aber wenn das deutsche Volk nicht hören will, was ich sage, dann muß es eben fühlen! Das ist doch ganz einfach!

Tägtmeier: Jawoll! Also das heißt: n i c h t einfach, ne? Ich meine, wir haben ja doch inne letzte Zeiten so ganz schöne Malessen am Hals gekriegt, beispielsweise die Kohlenkrise und die Hüttenwerke, da ist ja auch nicht mehr viel mit los, auch bei de Baufirmen, dann ist da die Politik ganz lecker am Qualmen, und Konjunktur und so weiter, also ich meine, wir müssen jetzt ganz schön fühlen, wie Se eben schon sagten, aber dieses Gefühl geht einem doch ganz schön anne Nieren und ist gar nicht angenehm.

Adenauer: Ja glauben Sie denn, Herr Tägtmeieer, glauben Sie denn, daß es damals angenehm war für mich, als der Herr Erhard Bundeskanzler wurde?

Tägtmeier: Naja, sicher, das kenn ich. Ich hab' jetzt auch auffe Zeche, ne? – die ganze Jahre hab' ich im Magazin die Arbeit alleine gemacht und Verantwortung alles, und jetzt haben se mir da auch so'n junger Spund vor die Nase gesetzt …

Adenauer: Das haben Sie sehr schön gesagt, Herr Tägtmeier, und es ist doch geradezu blind, die Augen davor zu verschließen, daß ein junger Mann – schon alleine an Jahren, Herr Tägtmeier! – niemals soviel mitbringt wie einer, der schon etwas älter ist. Und ich kann Ihnen versichern, Herr–eh Tägtmeier: das deutsch-französische Verhältnis wäre besser – und ich wollte, es w ä r e besser! – wenn da die Frage des Alters des Außenministers Schröder nicht wäre! Der Mann ist zu jung! Wenn der Herr Schröder älter wäre, dann wäre nämlich der Altersunterschied zwischen ihm und dem General de Gaulle nicht so groß!

Tägtmeier: Ja, das versteh' ich. Sicher, das sind schon richtig schöne Probleme, was Sie da so von sich geben. – Ich meine, ich weiß ja nicht, ob Sie nochmal 'n bißken Zeit hätten, aber so viele alte Füchse gibtet ja in Bonn gar nicht, das sind ja – genaugenommen höchstens nur einer – wissen Se schon, wen ich mit meine, ne? Ha'm Sie nicht doch 'n bißken Lust, so als Bundeskanzler die nächste Regierungskrise vielleicht wieder in Ihre bewährte Hände zu nehmen?

Adenauer: Also Herr Tägtmeier, Sie wissen ja, ich bin Ehrenvorsitzender der CDU. Und die CDU/CSU hat sich in aller Öffentlichkeit hinter den jetzigen Bundeskanzler, Herrn Erhard, gestellt. Und deshalb stehe ich auch hinter dem Herrn Erhard.

Tägtmeier: Also in andere Worte: Sie sind da hinter seinen Rücken schon so'n bißken zugange, ja?

Adenauer: Herr Tägtmeier, Sie sind ein Mensch, der sagt, was er denkt, und ich bin ein Mensch, der denkt, was er sagt. Und nun werden Sie sich doch wohl selbst sagen können, was ich denke. Auf Wiederhören!

Tägtmeier: Auf Wiederhören, Herr Bundeskanzler!

Teil IV

Brandt-Interview

Ohne Moderation, Tägtmeier und Ellersiek wie in III

Tägtmeier: Komm, wir müssen nochmal … wegen den Proporz. Und zwar hat mir das der eine Herr da eben erklärt: Proporz ist, wenn im Radio die eine Partei länger reden tut als die andere und daß – woll'n mal sagen: wenn zum Beispiel ein Politiker vonne Opposion, ne? – wenn der hier de Regierung beleidigen tut, da kennen die hier nix, da muß sofort einer vonne Regierung her und gleich wat ganz Gemeines über de Opposion sagen, für daß dieser schreckliche Proporz gar nicht erst eintritt und die Beleidigungen und üble Nachrede, alles, daß das immer schön im Gleichgewicht bleibt.

Is klar, ne? Vorhin haben wir mit Adenauer, und deshalb, ne, … hier, halt mal den Zettel, da ist die Nummer drauf … *(er wählt)* 03 - 11 - ist die Vorwahl, und jetzt: 71 - 02 - 61, das ist das Schöneberger Rasthaus. Eben mit Rhöndorf, jetzt mit Berlin, daß Gleichgewicht schön in de Balangse bleibt.

Brandt: Brandt.

Tägtmeier: Tag auch, Herr Brandt! Hier spricht Herr Adolf Tägtmeier aus Gelsenkirchen. Ich weiß ja nicht, ob Se noch erinnern können an mich! – Letzten Wahlkampf? Wie Sie so die Bochumer Straße langgefahren sind in ihren schwatten Kalliobrett, mit den Herr Kühn, der war mit bei, da hab ich doch oben an die eine Ampel hab' ich Ihnen doch extra zugewunken! Braunen Anzug hatt' ich an!

Brandt: Nun, Herr Tägtmüller, mein Freund Heinz Kühn und ich erinnern uns noch gerne jener Ampel in Gelsenkirchen, an der Sie uns in so unvergeßlicher Weise zujubelten; wir gedenken aber auch all der anderen Ampeln des Ruhrgebiets in Dankbarkeit. Wo immer wir auf eine Ampel trafen, wiederholte sich dasselbe beglückende Erlebnis: W i r konnten nicht weiter, die Menschen jubelten, und die Ampeln zeigten Rot. Da wußten wir bereits um den kommenden Wahlsieg!

Tägtmeier: Ja sicher, aber da haben Se wirklich nochmal schwer Schwein gehabt, Herr Brandt. Ich weiß noch die eine Nacht, wie im Fernsehen da dieses Elektrogehirn am Sausen war und die einzelne Zahlen kamen immer so aus de Lochkarten, da war ja richtig Gefahr, ne? – daß Se vielleicht 51 oder 52 Prozent kriegen könnten und müßte der Herr Kühn de Regierung alleine machen! Ehrlich, ich hab' de Daumen gedrückt, für daß Se vielleicht nur 50 Prozent erringen täten, daß Se wenigstens mit den Herr Meyers noch so eine Große Komplikation eingehen könnten, aber dann hat ja das Schicksal doch nochmal gütig gezeigt und ein' schönen Sieg beschert.

Brandt: Ja, und für diesen Sieg möchte ich, auch im Namen meiner Freunde, danksagen, Herr Tägtmüller …

Tägtmeier: …-meier!

Brandt: Herrn Meyers danke ich auch, aber vor allem Ihnen, Herr Tägtmüller und Ihren Freunden, die die SPD nicht – auch nicht in der Stunde der Bewährung im Stich gelassen haben. Im Wahlkampf haben wir versprochen:

Tägtmeier: Meyers macht es!

Brandt: Kühn macht es besser!

Tägtmeier: Jawoll, und das ist ihm ja auch geraten; denn hier am Regieren sein – das möchte man doch wohl seinem ärgsten Feind nicht wünschen!

Brandt: (unvermittelt emphatisch) Berlin w a r Berlin, Berlin i s t Berlin und Berlin wird auch Berlin bleiben! *(Knacken in der Leitung, das Gespräch ist unterbrochen)*

Tägtmeier: Hallo! Hallo?? – Schade. Grade wo's interessant wurde, hat einer auffem Draht getreten!

Die Pluralistische Gesellschaft gestern und morgen Historisch-philosophische Betrachtungen

Meine sehr verehrten Hörerinnen und Hörer!
Ich bin Ihrer Sendeanstalt, in diesem Falle also dem Rundfunk sehr dankbar, daß er mir die Gelegenheit gibt, heute zu einem Thema Stellung zu nehmen, das sich im Raum befindet, das uns bedrängt und bedroht und … äh an dem wir irgendwie doch alle anteilnehmen … äh jeder Einzelne äh als Mitglied der Pluralistischen Gesellschaft. Und es ist sehr dankenswert, daß der Funk, nicht wahr … da wegbereitend nun äh der Wissenschaft Hilfestellung leistet, und daß wir durch das Medium Funk/Fernsehen, nicht wahr, die ja oft sehr verteufelt wurden … aber doch hier … da … eine sehr wichtige Aufgabe leisten, und, also wie gesagt, ich wollte voraus meinen Dank abstatten und … äh … eingangs möchte ich nun Folgendes sagen:

Es ist eine sehr große, sehr schöne und sehr verantwortungsvolle Aufgabe, das Thema der Pluralistischen Gesellschaft nun abzuhandeln. Und ich möchte vielleicht ein Beispiel geben: In Wilhelm Raabes – leider viel zu wenig bekanntem – Jugendwerk »Schnurborstel«, da sagt einmal der Pastor Kröger, nachdem seine Frau gestorben ist, und er unternimmt eine irgendwie etwas sentimentalische Reise an Stätten, die er früher mit ihr zusammen besucht hatte … und … äh … also im Zuge dieser … äh … dieser Reise, nicht wahr, da kommt er auch irgendwo an eine antike Stätte in Griechenland und steht da staunend vor einem Atlas, der also da mit der Weltkugel auf dem Rücken äh abgebildet ist oder … oder in Stein gehauen vom antiken Bildhauer; und der Pastor Kröger … äh … das hat Raabe da wunderschön herausgearbeitet, der befindet sich nun in einem ungeheuren Zwiespalt, weil er sich immer wieder fragt, was drückt nun den Atlas … welches Gewicht hat er auf den Schultern … äh … nicht wahr, stöhnt er da nur unter dem rein physikalischen Gewicht der … der … Weltmasse, nicht wahr, also ist das die kosmische Belastung, was ihn niederhält, oder hat der antike Künstler da … doch irgendwie ganz paragonal etwas ganz anderes sagen wollen … wollte er vielleicht sagen, daß das Gewicht dieser Weltkugel eben das Psychisch-Lastende sei, nicht wahr, das das Einzelindividuum wie die Gesellschaft niederdrückt seit allerersten Tagen der Historie. Ich habe als junger Adept einen meiner Professoren gefragt, wie er sich dazu einstelle, und also ich muß leider gestehen: die Antwort hat mich damals nicht sehr befriedigt. Und ich war dann dem akademischen Lehrer sogar etwas gram, dachte: ›Mein Gott, da könnte er dir doch nun Auskunft geben!‹ Später habe ich ihm Abbitte geleistet, als ich sah, daß ich selbst mich mit diesem Problem immer wieder aufs Härteste auseinandersetzte, und ich darf freimütig heute gestehen: Ich bin zu keinem Ergebnis gekommen! Nicht wahr, – aber, deshalb habe ich Ihnen das Beispiel einmal … bitte, sehen Sie mir das freundlich nach … da meinem heutigen Vortrag vorangestellt: Die Pluralistische Gesellschaft ist Vorteil und Nachteil, ist Glück und Schicksal zugleich, und der Mensch von heute muß einfach auf diese oder jene Weise – das Problem ist in den Raum gestellt, er muß damit fertig werden, und ich glaube, das sollte heute der Sinn der Abhandlung sein, der, wie gesagt, dankenswerterweise der Rundfunk da Raum gibt, dem Menschen zum Mindesten kleine Hilfestellungen zu geben, damit er unter diesem unsäglichen Druck, dem Psychischen, nicht wahr, dem … dem äh … Metaphysischen, damit ihm da, jedem Einzelnen, gewisse Hilfestellung geleistet wird.

Und wenn wir heute überhaupt den Begriff »Pluralistische Gesellschaft« uns vor Augen führen, tun wir das ja doch mit einer immensen Berechtigung. Denken Sie mal, wie grade im politischen Geschehen der letzten Tage und Wochen sich immer wieder die Pluralistische Gesellschaft sich ins Blickfeld drängt. Was haben wir allein auf dem Fernsehbildschirm miterleben können angesichts der Ereignisse im Iran mit ihren ungeahnt vielfältigen Folgen, oder auch was Pluralistische Gesellschaften, wenn auch durchaus verschiedener Volkstums… nationalitäten: Iraner – Kurden – Amerikaner … Afghanen – Russen – Pakistaner, da prallen ja nun wieder überall in der Welt die einzelnen Gruppen aufeinander, Engländer und Iren nicht anders als nationalgesinnte Basken gegen ihre spanischen Verwalter oder auch der nicht endenwollende doch so sehr endensollende Krieg der Palästinenser mit dem Volk von Israel. Die Beispiele, grade zum heutigen Zeitpunkt, ließen sich endlos fortsetzen, was mir als Referenten aber ungeachtet wissenschaftlicher Befriedigung nur ein sehr menschliches Betrübtsein vermitteln könnte. Das muß an dieser Stelle doch gesagt werden, daß das alles doch im Augenblick sehr, sehr traurig und betrüblich ist. Schön!

Auch hierzulande, das soll gar nicht verschwiegen sein: Ansprüche, Forderungen, Drohungen werden signalisiert. Papiere – für und wider, erarbeitet von Parteien, Gewerkschaften und anderen Interessenverbänden. Das Aussperrungsthema wird vor dem höchsten Gericht verhandelt usw. usw.

Aber wir müssen natürlich auch noch an die so besonders große Pluralistische Gesellschaft der Chinesen denken, die doch in einem beinahe … bedrohlichen Ausmaß da … nicht wahr … ihre Gravitation betätigt und ihre – wenn Sie so wollen – Bevölkerungsexplosion noch bis heute nicht hat enden lassen.

Nun, meine sehr verehrten Hörerinnen und Hörer, ich möchte meinen heutigen Vortrag noch mal mit einem kleinen Beispiel beginnen lassen, nicht wahr, einer meiner akademischen Lehrer, der sagte immer so schön: »Worte sind Zwerge« … sagte der … »Beispiele sind Riesen!«, nicht wahr, und ich darf Ihnen vielleicht ein kleines Beispiel mal vor Augen stellen: Ein Zug, der durch die Landschaft … braust, nicht wahr, und da ist ein Abteil, sei es nun zweiter oder erster oder auch dritter Klasse, das ist hier … das spielt keine Rolle, das ist eine Frage der äußeren Form. Aber in diesem Abteil darf ich Ihnen einmal vorstellen, da sitze ich, Professor Tegtmaroff, und mir gegenüber sitzt Teilhard de Chardin … äh … irgendwie, wenn der Zug durch metaphysische Gefilde fährt, steigen weitere Herrschaften dazu: aus den Gesprächen erfährt man, der eine ist Spinoza, der andere kommt aus nordöstlichen Breiten und heißt Kant – ich meine, wir dürfen jetzt … das ist rein fiktiv, Sie wissen, Kant hat Königsberg nie verlassen. Aber wir wollen einmal dieses fiktive Bild rein subsidiär jetzt da … heranziehen, und ich will das jetzt noch weiterführen, der Zug bewegt sich parallel zu meinen heutigen Ausführungen, und wir werden wahrscheinlich auch noch andere bekannte Namen plötzlich dann … da … mit uns auf der Reise äh … da mit uns reisend erleben, nicht wahr: Teilhard de Chardin, oder denken Sie … äh … denken Sie an den ›Garten des Bösen‹, nicht wahr, denken Sie an das Prinzip der franziskanischen Liebe, nicht wahr, oder auch … fällt mir da … äh sicher, bitte: Adorno! … sogar der Kollege Marcuse, ich will mich da in keiner Weise festlegen, es gibt da so viele Berührungspunkte, Bezüge, und es gibt Tangenten, also es gibt diametral entgegengesetzte Schnittpunkte, wirksam-effektiv sogar beim Fehlen der an sich erforderlichen zeitlichen Koinzidenz. Und das alles befindet sich nun in einer unaufhörlichen, kreisenden Gravitation um – und damit sind wir jetzt beim Thema angelangt – die Pluralistische Gesellschaft.

Es sei mir in diesem Zusammenhang einmal vielleicht noch ein kurzer Rückblick auf die Historie … gestattet, um da … da … äh von der PHILOSOPHIA nun auch an das Thema heran … langsam, nicht wahr … sich herantasten zu können. Sie wissen, Philosophia, nicht wahr, das ist ja nun ein sehr, sehr differenzierter Begriff. Und ich habe früher immer als junger Mensch … und sage das auch heute meinen Doktoranden immer wieder: wenn sich jemand als PHILOSOPHOS, nicht wahr, als ›Freund der Weisheit‹ nun fühlt, dann sage ich: Ja, aber … mein lieber Mann, wie ist das denn, haben Sie sich schon einmal darüber Gedanken gemacht: S i e fühlen sich als Freund der Weisheit, der Wissenschaft und der

Forschung – aber hat denn die wissenschaftliche Materie als solche sich Ihnen gegenüber denn auch schon irgendwie erklärt, nimmt sie denn Ihre Liebe, Ihre Zuneigung … überhaupt an … äh äh erklärt sie sich mit Ihren Intentionen da auch einverstanden??!!

Und ich habe Schüler gehabt, die das auch sehr, sehr nachdenklich gemacht hat, die später zu mir kamen und sagten, das läßt uns einfach keine Ruhe, und wie können wir uns überhaupt da … da … nun … äh … wie können wir uns da ein wissenschaftliches Alibi, wenn Sie mir mal diesen nicht ganz einwandfreien Begriff … mir fällt im Moment kein besserer ein … nicht wahr, wo holen wir uns das Alibi her, um nun diese ungeheure Verantwortung auch mit uns tragen können? Denn wenn die Frage mal im Raum steht, wenn eine verantwortliche Stellungnahme signalisiert wurde – woher auch immer – das kann schicksalhaft sein, dann muß man ja irgendwie die Beziehung herstellen, und man wird wahrscheinlich die wissenschaftliche Ruhe, wenn Sie so wollen: die Ruhe des eigenverantwortlichen Gewissens vor sich und den andern, die wird man gar nicht mehr bekommen, wenn nicht befriedigende Lösungen gefunden wurden und wenn also da … äh … irgendwie eine Ausgangs – – ein Ausgangspunkt, eine wirklich nicht nur fiktive, sondern jetzt ganz klar wissenschaftlich erarbeitete Basis geschaffen wurde.

Und ich habe eigentlich mit Absicht gerade diese Frage immer wieder an junge Menschen gestellt, und möchte sie auch heute Ihnen, verehrte Hörer, einfach präsentieren … wir brauchen uns jetzt nicht weiter damit aufzuhalten, aber jeder, der interessiert ist, jeder, der sich aufgerufen fühlt, sich mit einem im Moment die Menschen nicht nur emotional, sondern wirklich aus den äh … aus den ontologischsten Tiefen, wenn Sie mir auch diesen Ausdruck einmal … äh – Sie wissen, was ich meine, nicht wahr, den Menschen doch so immer wieder umklammernde und berührende Problematik, ob denn sein Streben, jetzt mal in ganz banalem, beinahe faustischem Sinne, ob das von der Wissenschaft überhaupt akzeptiert wird und ihm erst dadurch dann die Berechtigung zu allen weiteren Forschungen, die Berechtigung zur wissenschaftlichen Arbeit oder auch eben nur zur Liebe – denn auch die Liebe braucht eine Berechtigung – nicht wahr, sie kann nicht einfach … der Mensch kann nicht sagen, nun diese oder jene Materie … oder nehmen wir's nur einfach aus dem Alltag: dieser oder jener Mensch … dem äh dem bringe ich eine gewisse Liebe – das braucht nicht … äh … der Eros spielt da gar nicht rein – aber eine Sympathie … ein Angezogensein, Sichangezogenfühlen zur Sphäre des Anderen … – und da muß man natürlich erst wissen, ob der das überhaupt verkraftet, nicht wahr, ob der das haben will. Und bevor die Frage nicht beantwortet ist, da muß im Menschen doch diese ungeheure Unruhe bestehen, die ihn auf die Dauer einfach zur Stellungnahme und zur Beantwortung der Frage zwingt, nicht wahr … und also Philosophoi wollen wir sein, wollen unsere Liebe der Wissenschaft entgegenbringen. Aber wir müssen auch uns so ihr gegenüber in unserem Forschen, in unserem Trachten, auch in unserem Alltag, in allen Dingen der Philosophie, die besteht nicht nur aus gelehrten Abhandlungen, sondern Philosophie, die regiert den Alltag des Menschen, die hilft ihm gerade heute in der Ausweglosigkeit, in den Ängsten, in den Sorgen und Nöten, in seinem heillos in den Kosmos Starren bei der Behandlung der Frage, welche Bedrohung ist da irgendwo im Raum, die nun jeder Zeit, zu jeder Stunde, an jedem Tage über – und ich komme hier wieder zum Thema – über die Pluralistische Gesellschaft hereinbrechen kann.

Nun aber, ich möchte hier nicht wieder vom Thema abkommen, ich hatte mir vorgenommen, erst einmal von der Historie her die Pluralistische Gesellschaft zu beleuchten, und wir kommen dann später zu den eigentlichen, zu den Kernfragen … äh … zu der ontologischen Betrachtung, die ja dann den Kern des heutigen Vortrags bilden soll.

Aber also wenn wir nun zur Historie kommen, dann darf ich vielleicht Ihnen noch eine Erfahrung aus meiner Jugend- und Studienzeit … hier … äh hier … ausbreiten: Ich war, solange ich mich mit Dingen der Wissenschaft beschäftigt habe, von dem Satz der Hellenen Gnothi seauton in einer Weise beeindruckt, die mich unruhig bleiben ließ. Und als ich später dann mich auch mit Seneca, Ovid … vor allem den Metamorphosen usw. das wirklich durcharbeitete und dann auf das Paradigma … nicht wahr, auf das Scio nescio der Römer, nicht wahr, des Kaufmannsvolkes mit seiner nüchternen … ja, mit seiner realistischen Alltagslogik, nicht wahr, die ja nun ganz andere Denkprozesse zu bewältigen hatten, aber doch in ihrem mediterranen Raum auch wieder ungeheuer einflußnehmend waren. Und als ich dann diese … natürlich sehr gewagten Versuche unternahm, einmal zwischen diesem Gnothi seauton und dem Scio

Universität
2013

NESCIO eine … wenn auch nicht Brücke, aber doch den Versuch eines schmalen Steges wissenschaftlich zu erarbeiten, da habe ich gesehen, wie doch auch die Pluralistische Gesellschaft von Uranfängen her immer wieder unter diesem Rubrum … nicht wahr, einzuordnen war.

Denken Sie mal … äh … denken Sie mal nur an Hannibal, nicht wahr, und empfinden Sie aus der damaligen Zeit, aus der Politik und aus dem ganzen Menschsein zur Zeit der Punischen Kriege. Nicht wahr: Hannibal ante Portas! Und denken Sie an die große Elefantenschlacht, wo also nun der Karthager zum letzten großen Kampf gegen das Römische Imperium anrückte … nicht wahr, voller Siegeszuversicht, mit diesem ungeheuren … für die damalige Zeit ungeheuren Kriegspotential seiner Elefanten – und SCIO NESCIO mußte er sich eingestehen, nicht wahr, er hatte nicht gewußt, daß eine so kleine Ursache, wie diese Pechkränze, die da die Römer brennend gegen die Schädel der Elefanten schleuderten, sich das Kriegsglück, und damit nicht nur das Kriegsglück, sondern, ich wage zu sagen, überhaupt die Wende – beinah eine Zeitenwende – da herbeigeführt wurde. Durch die Niederlage – SCIO NESCIO –, die aus diesem Nichtwissen, Nichtahnen, nicht wahr, und Hineingeworfensein in eine schicksalhafte … äh äh … Verlagerung … nicht wahr, der … der Möglichkeiten des Kriegsglücks und dieser ganzen Imponderabilien, denen also der bis dahin doch sieggewohnte Feldherr Hannibal nun zum Opfer fiel.

SCIO NESCIO – nicht wahr, das war irgendwo der geistige Vorbehalt, der im Schicksal der Pluralistischen Gesellschaft immer wieder – natürlich unberechenbar – aber doch immer wieder da zum Vorschein kommt und den Menschen an seine Kleinheit erinnert, wie beim Turmbau zu Babel in der alten Schrift oder später das ECCE HOMO – Du bist nur ein Mensch, und damit ausgeliefert den Dingen und Mächten, die Du durch Äonen wirst ertragen müssen, die Dein Schicksal bedeuten, auch wenn Du Dich noch so sehr wie der Prometheus der Sage dagegen aufzulehnen suchst.

So sehen wir also seit Urzeiten hier den Einzelmenschen in seinem verzweifungsvollen Kampf und Aufbegehren gegen die allumgebenden Mächte und dann im Laufe der Zeit die aufkommende Ordnung, das Zusammenrücken, den Zusammenschluß zur Pluralistischen Gesellschaft.

Sie haben erfahren, meine Hörerinnen und Hörer, wie in diesen Tagen und Wochen immer wieder das Problem OLYMPIA im Zusammenhang mit dem russischen Verhalten im Nachbarland Afghanistan diskutiert wird – das heutige Problem – wie auch schon die Spiele im Altertum – stellen sich uns als Angelegenheiten einer Pluralistischen Gesellschaft dar: Eine Menge Afghanen, eine Menge einmarschierender russischer Soldaten heute – eine Menge in die Kampfbahn herbeigeeilter Athleten damals. Wir stellen etwas Bedauerliches fest: Die Belastungen des Einzelmenschen wurden durch sein Integrieren in die Pluralistische Gesellschaft keinesfalls geringer, leider eher gravierender.

Aber ich muß Sie jetzt wirklich um Nachsicht bitten: ich bin dem Thema gerade etwas vorausgeeilt, die Bezüge, die gar nicht guten, zum JETZT haben mich wohl dazu verleitet.

Nun, wir hatten bei Hannibal und seinen Dickhäutern eine buntgemischte Pluralistische Gesellschaft gefunden, hineingeworfen in – wenn Sie so wollen – chaotisches Schicksal wie zu den Zeiten vorher und nachher … in schicksalhafte Ausweglosigkeit, der der Mensch nur langsam, vielleicht im Benehmen mit einem Geist, den er über sich wähnte und anerkannte, zu begegnen vermochte. Denken Sie in diesem Zusammenhang nur an den mystischen Glauben eines Wallenstein, an Goethes Faust oder an den nachgewiesenen Nostradamus, von dem sich fast eineinhalbtausend Jahre nach der griechischen Wahrsagerin zu Delphi die Gesellschaft der späteren Jahrhunderte zukunftsweisendes Orakel sagen ließ. In den heutigen Illustrierten und Zeitungen setzt sich das in profaner Weise, aber doch ganz zeitgemäß fort.

Über die Metaphysik wolle der Mensch zur inneren Ruhe kommen, und wenn wir daran denken, wie die Pluralistische Gesellschaft nun … Gott, die war wahrscheinlich im Jahre 500 nicht viel anders als im Jahre 600, die war zur Zeit der Blüte von Byzanz oder der abendländischen Kreuzzüge … nicht wahr, sie hatte immer ihr m e n s c h l i c h e s G e s i c h t – wo wir sie auch nun … äh … beleuchten … denn wir wollen vielleicht jetzt erst da mal die Begriffe klären, ob wir die Pluralistische Gesellschaft jetzt in unserem deutschen Lebensraum oder ob wir die europäische, ob wir … nicht wahr, das ganze Abendland oder ob wir schließlich sogar die Pluralistische Gesellschaft des gesamten Menschengeschlechtes ohne Ansehen ethnischer, historischer, soziologischer oder welche Faktoren Ihnen da nun interessant und wichtig erscheinen mögen … ob wir da also die Gesamtgesellschaft, wie sie sich nun seit den Zeiten der Primaten darstellt, ob wir die nun da in ihrem Wesenskern betrachten wollen.

Nicht wahr, Sie gestatten mir vielleicht – es würde sonst zu weit führen, wir wollen nicht nur bei der Historie verweilen –, daß ich also einen riesengroßen Sprung bis hin zum Mittelalter mache. Und wenn Sie sich da in die Zeit des Dreißigjährigen Krieges hineindenken, nicht wahr, wo gerade hier in Deutschland nach einem tausendjährigen Dornröschenschlaf … das heißt »Dornröschenschlaf« gilt vielleicht mehr für die romanische Kultur. Die Römer waren ja nach dem Ende ihres Reiches in einen solchen Schlaf verfallen. Kulturgüter wurden ja eigentlich nur noch durch Zufall hinter Klostermauern konserviert, sind dankenswerterweise in der Obhut der Kirche und ihrer Mönche und Priester erhalten geblieben. Dabei kann man ja in Ihrem Vaterland nicht mal von Dornröschenschlaf reden, denn es gab bis damals eigentlich wenig, was dem hätte anheimfallen können. Zur Kulturwerdung – wenn Sie einmal wegen dieses wirklich scheußlichen Terminus Nachsicht üben wollen – mußten ja erst ganz neue Zeiten anbrechen, die Geburt an sich, das Bewußtwerden des mittelalterlichen Menschen, der aber dann mit einer ungeheuren ständig immanenten Sorge und Angst zu den Mächten schaute, die ihn umgaben … Der seine Dome errichtete doch aus dem Gefühl heraus, Du brauchst einen Schutz, hineingeworfen in diese angstvolle Existenz. Du brauchst Hilfen, die auf irgendwie metaphysischer Ebene bereitstehen, aber auch sich Dir zu entziehen suchen, die Du durch die Kraft eines neuen Geistes überhaupt nur für

Deine menschlichen Zwecke … da … dienstbar machen kannst. Nicht wahr, und wenn wir heute also sehen, wie die Pluralistische Gesellschaft nun sich immer wieder zu verhärten sucht, wie sie sich einen Panzer anlegt, glaubt, daß sie nun in ihrem Menschsein die größte menschliche Befriedigung erfindet – und in Wirklichkeit arm, verlassen und auf den Geist angewiesen ist in einem ungeheuren Maße, wie wir es im Laufe der Geschichte … äh also, ich wüßte kein Beispiel zu nennen für eine Zeit, die da … verpflichteter gewesen wäre, die den Menschen da in einer geringeren Ausgestoßenheit gesehen hätte. Denn der Mensch ist eben durch diese Angst, durch diese Sorge, die ihn ja aber auch erst wieder zum Menschen macht, denn das alles gehört ja zu seiner Ontologie, nicht wahr … die Kuh geht ja zum Schlachthof … hat wohl einen kleinen Instinkt, vielleicht eine gewisse Unruhe … aber dann beugt sie sich den Erfordernissen, nicht wahr, und ordnet sich da den menschlichen Bedürfnissen … äh wenn ich das mal wieder so ganz profan sagen darf … denen ordnet sie sich unter. Aber der Mensch, der weiß doch um die Eschatologie, und daher kommt … ja, es kommt sein Glück daher, aber es kommt auch die große, ewige Unruhe, Sorge und Angst. Und da ballt er sich dann in der Pluralistischen Gesellschaft nun wieder wie in archaischen Tagen, nicht wahr … denken Sie in dem Zusammenhang … äh ja, bitte, denken Sie ruhig an Freud, denken Sie an all das, was der Mensch durch seine Evolution erlebt hat: auf einmal ist er wieder wie das Tier, das vor stärkeren Tieren, vor Naturgewalten sich flüchtet, sich aneinander drängt und hier eben nicht mehr allein sein kann … nicht mehr allein sein will, sonst würde er vor Angst und bei Erkenntnis des Risikos seiner Existenz sterben.

Wir haben auch Fälle gehabt, die Psychiatrie kann Ihnen da Aufklärung verleihen … und denken Sie an Pascual Jordan, der das doch in seiner sehr … guten Weise … da den Dingen auf den Grund gegangen ist. Aber also das soll uns jetzt an historischen Erwägungen genügen, und wir wollen uns nun der Frage widmen, wie die Pluralistische Gesellschaft als ganze den Einzelnen, und wie der Einzelne wiederum durch seine Kraft, durch sein faustisches Aufbegehren die Pluralistische Gesellschaft wieder gegenseitig befruchtet zu verändern und im letzten Sinne zu einem positiven Menschtum … das ist ein Ausdruck, den habe ich kürzlich auf dem Kongreß in Warschau geprägt. Und ich habe also die Freude gehabt, daß er auch von den Fachkollegen sehr freundlich aufgenommen wurde. Das ›positive Menschtum‹, mit dem wir – wenn Sie mir diesen Ausdruck … diesen Begriff gestatten – die Pluralistische Gesellschaft imprägnieren müssen, um sie zu den Höhen zu führen, über denen … äh … nicht mehr der Dante-Spruch des »Laß alle Hoffnung fahren!« steht … nicht wahr, denken Sie an Spinoza in dem Zusammenhang! Oder ich habe bei Adorno Passagen gefunden, die dieselbe Sehnsucht da … äh also dieselbe Sehnsucht da … vorantragen und umsetzen. Und selbst bei Iring Fetscher in Ihrer heutigen Nachbarschaft dürften Sie wahrscheinlich ganz ähnliches finden.

Nun, darauf wollen wir nun gleich noch eingehen!

T: Nun, Augenblick, was ist da … ich bitte sehr um Entschuldigung … jetzt, das verwirrt mich etwas, da ist ein gelbes Licht im Studio … da kommt ein Herr mit Brille. Entschuldigen Sie, ich bin noch nicht fertig!

R: Herr Professor Tegtmaroff, ich bitte sehr um Entschuldigung –

T: Ja, bitteschön –

R: Aber –

T: Nein, ich sagte, ich bin noch nicht fertig. Mein Vortrag ist noch nicht zu Ende.

R: Es ist mir sehr peinlich, aber wir hatten doch vereinbart, daß wir ein Interview –

T: Ja! Ach ja … ja … jajaja! –

R: Wir wollten Sie unseren Hörern vorstellen, ursprünglich hatten wir geplant, daß wir am Anfang der Sendung – –

T: Ja, ja, das war jetzt mein Fehler … ich hatte Ihnen … äh, wenn ich das hier vielleicht noch sagen darf, ich muß die Hörer da ja jetzt bitten, mich zu exkulpieren … Also, sehr verehrte Hörerinnen und Hörer, da ist ein kleiner technischer Fehler jetzt mir unterlaufen. Ich glaube, der Rundfunk hat hier irgendwie die –

R: Das ist ein alter Usus, Herr Professor, daß wir –

T: Ja, ja –

R: – daß wir prominente Redner, die unseren Hörern noch nicht so bekannt sind, persönlich vorstellen und, entweder am Anfang oder das haben wir nun leider versäumt, eben in der Mitte des Vortrages –

T: Jaa –

R: – als Stütze für den Hörer, um auch doch Ihre sehr konzisen Ausführungen –

T: Dankeschön, ja, ja, ja –

R: – zu interpretieren helfen –

T: Ja …
R: – daß wir dem Hörer als Hilfe ein Gespräch –
T: Ja! Ja!
R: – über den Redner selbst, eine gesprochene Autobiographie, wenn Sie wollen –
T: Ja, das ist sehr interessant, ich habe das kürzlich in Ankara hat man das auch … äh da ist das auch eine gern geübte Usance –
R: – zumal doch wirklich ein Bedürfnis besteht seitens der Hörer zu erfahren, wen habe ich da gehört und wessen Gedanken sind mir hier … doch vielleicht zum Erlebnis geworden.
T: Ja …
R: Herr Professor, vielleicht dürfen wir vielleicht beginnen mit der Frage … Sie sprachen im Laufe Ihres Vortrages von Deutschland wie von Ihrem eigenen Land, während wir doch einerseits aus Ihrer Biographie wissen, daß Sie nicht in Deutschland geboren sind … möchten Sie und vielleicht über Ihre Herkunft ein paar Worte sagen –
T: Ja, das ist nun eine Frage, die sehr oft gestellt wird, ich bin da … also ich … ich passe mich immer sehr gern meinem Publikum, meinen Studenten, meinen Hörern, in diesem Falle, … entschuldigen Sie, bitte, an, nicht wahr, habe, das habe ich eben gesagt, in unserem Vaterland … – ich meine damit Deutschland, ich tu das auch mit einer gewissen Berechtigung, mein Vater war Deutscher, und meine Mutter dagegen war Sofioterin und … also die war aus Sofia, und das ist an sich Mutters Name, den ich durch irgendwelche hier gar nicht zur Diskussion stehende Familien… äh familiären Dinge da … trage,

nicht wahr –

R: Ich glaube, unsere Hörer würden alle ganz gern –

T: – die Mutter war eine geborene Tegtmaroff. Der Vater war ein großer Kleiderfabrikant, der auch noch also seinerzeit die alte österreichisch-ungarische Monarchie … mit Beamten- und Militärkleidung beliefert hat, dadurch ein sehr, sehr äh, also ein sehr ansehnliches Vermögen erwarb, das aber dann durch die bekannten Zeitläufe verloren ging. Wir haben an sich heute wenig Beziehungen mehr zum Balkan, ich aber möchte heute Südrußland als meine zweite … also als meine Wahlheimat bezeichnen.

R: Sie haben dort Ihre Kindheit verlebt?

T: Nein, nein, nein – wir sind sehr frühzeitig nach Rußland gezogen, nicht wahr, mein Vater war da ursprünglich bei der Russischen Eisenbahn in einer führenden Position, und wir haben in der Ukraine gelebt, nicht wahr, ich habe meine Jugend in Kiew verbracht, ich habe auch später als … als akademischer Lehrer die erste Position, den ersten Lehrstuhl in Kiew gehabt.

R: Und das war wohl in der Zeit vor dem ersten Weltkrieg?

T: Na, nein, nein … also ich weiß, daß ich äh, das macht das Studium, zeigt, produziert gewisse Ruinen im Gesicht. Nein, Sie halten mich jetzt für etwas zu alt, so alt bin ich nämlich noch gar nicht. Aber – es sei Ihnen nachgesehen! Nein, ich habe, – – Augenblick, daß ich nichts Falsches sage: in den endzwanziger Jahren habe ich den ersten Lehrstuhl –

R: Doch den Lehrstuhl für Philosophie? –

T: Ja. Ja.

R: Und wann haben Sie Rußland dann verlassen? Sie sind also dreisprachig aufgewachsen: Sie hatten Deutsch, Russisch und Bulgarisch als –

T: Nein, das Bulgarische ist ja … Gott, es ist ne slawische Sprache, es gibt das sehr viele Verwandtschaft, aber ich habe an sich … fühle mich heute … darf ich sagen, hoffe auch, daß Ihre Hörer mir da nicht … äh fühle mich als Slawe. Ja ja – ich fühle mich als Slawe. Und … das heißt, auch als Deutscher, nicht wahr – durch den Vater, aber doch sekundär.

R: Man darf vielleicht sagen, daß in Ihrer Person die tiefen Gemeinsamkeiten –

T: Das ist ja da identisch, von beiden Eltern her … da die Einflüsse, die aber bei uns … irgendwie waren die Eltern trotz ihrer verschiedenen Originität waren sie recht geistesverwandt. Die Österreicher kommen langsam, langsam jetzt dazu, daß sie der Schlacht bei Mogersdorf ihre Bedeutung … ihren Wert für Jahrhunderte beizumessen verstehen. Ich meine, Prinz Eugen ist gut und schön, das war sicher ein sehr tüchtiger, sehr ordentlicher Mann … und Don Juan d'Austria, nehmen Sie, was Sie wollen – aber die Schlacht bei Mogersdorf, in der der Wesir damals zum ersten Mal da … ein Ahnen bekam, was abendländische Kultur bedeutete. In der Nacht wird er geschlafen haben und sah auf einmal nicht mehr seine Zwiebeltürme, sondern es wird ihn die Vorstellung der gotischen Kathedralen bedrängt haben. Eben deshalb ist die ganze äh … das ganze Bewußtsein bis heute verschüttet, nicht wahr, die Schlacht bei Mogersdorf war … also, ich glaube, da … da … äh, da müßten wir direkt einen Gedenktag haben. Die Wiener haben das schon – ich hörte das in der Presse – in den letzten Jahren doch immer mehr auf die Bedeutung hingewiesen. Ja, sehn Sie mal, als … als Slawe – ich nenne mich immer Slawe, ich sage nie Russe, trotz meines Passes, – ich war mir immer bewußt … ich habe auch noch Geschwister, die alle sehr tüchtige, ordentliche und kluge Leute geworden sind, – ich meine, wenn Sie mir das nicht als übles Selbstlob da –

R: Wo leben diese Geschwister?

T: Ja, Gott, da sind zwei, die leben leider nicht mehr, die sind Opfer des letzten Krieges geworden. Und dann habe ich einen Bruder, der ist in Toronto nicht als akademischer … der … ist da an einem Mädchenlyzeum und auch als Slawist – – inzwischen aber auch so Anglist geworden, daß er da in allen Sätteln gerecht ist. Ich weiß jetzt noch nicht mal, welche Fakultas er hat, aber er ist da sehr glücklich, das hört man ja immer wieder von Auswanderern, die nach Kanada gingen.

R: Herr Professor, vielleicht darf ich jetzt noch die Frage stellen nach Ihrer geistigen Herkunft. Welches sind Ihre geistigen Väter?

T: Ich weiß nicht, ob Ihnen da ›Schelmuffsky‹ etwas sagt und ich weiß nicht, ob Sie mit Borodin etwas anfangen können. Ich habe sehr mich mit der slawischen und auch mit der … also mit der slawischen Philosophie und auch mit Sinologie habe ich mich beschäftigt, viele Impulse empfangen. Ich war lange Jahre in Tibet und habe da ein … übrigens die ersten Kontakte hier zur deutschen Philosophie bekommen, durch einen … ja, durch einen alten Herrnhuter, der da … also, ich weiß es nicht, wie lange schon früher missionarisch und heute

irgendwie … also er selber war inzwischen Arzt geworden und der Vater oder Großvater, ich kann das nicht mit Bestimmtheit sagen, der war also als Missionar ins Land gekommen, von dem damaligen Dalai Lama auch sehr freundlich aufgenommen worden, und der hat ein erstes Wörterbuch … äh, über die … das … also die tibetische Sprache, nicht wahr: Tibetisch – Deutsch, was natürlich nur einigen Experten interessant war, aber der letzte Nachkomme hat mir das geschildert, daß das doch da … sehr interessant gewesen sei.
R: Herr Professor, Sie selber waren in diplomatischer Mission in Tibet? Oder waren Sie als Gelehrter dort?
T: Ja, ich würde sagen, ich war als jugendlicher … also, ich wollte mein Weltbild erweitern, und da habe ich Reisen unternommen. Das war … äh, die erste große Reise ging nach Beirut, nicht wahr, ich habe mich für äh irgendwie … ich wollte ursprünglich mich der Psychologie, der Soziologie zuneigen, und ich habe da ausgedehnte Reisen unternommen. Ich habe – ich kann das hier mal am Rande erwähnen – ich habe drei Jahre bei den Tuaregs gelebt, nicht wahr, ich habe mich für afrikanische Kultur interessiert, nicht wahr, ich habe da eine Töpferlehre bei einem Berberstamm gemacht und hochinteressante Dinge … denn die Berber … oder die Tuaregs, auch die Watussi, die ein ungeheuer interessanter Volksstamm … Sie kennen diese großen, edelgewachsenen Menschen, nicht wahr, die haben mir da eine große Hochachtung … äh äh mich eine große Hochachtung da … äh … bilden lassen, nicht wahr, für diese Stammeskulturen in unserem alten Afrika, das ja nun vielleicht überhaupt als die Wiege der Menschheit anzu-

sehen ist, die Frage ist ja nun doch immer noch strittig.

R: In Ihrem Vortrag kam ein so lebendiges und intensives Verhältnis zur antiken Kultur zutage –

T: Ja, Gott … –

R: Sie sprachen von Ihren Reisen – haben Sie auch dorthin – –

T: Nein, ich bin also … das ist ganz merkwürdig – ich habe den Boden Griechenlands nie betreten, nicht wahr, ich habe den nie betreten, obwohl ich einmal … wir hatten von Kiew aus äh … eine Exkursion zu den alten Schlachtdenkmälern und Orten, es ging da bis nach Kynoskephaloi, wo damals diese berühmte Schlacht bei den Hundsköpfen gewesen ist, nicht wahr. Wir sind … das heißt, die anderen … ich bin damals durch eine Scharlacherkrankung bin ich an dieser Reise gehindert worden, nich, da bin ich nach Salamis, das war hochinteressant, ich habe gute Freunde, die später Lichtbildervorträge … die das also dann in sehr netter, kollegialer freundschaftlicher Weise weitergegeben haben. Und ich habe dann aber immer eine leise Wehmut gehabt und gedacht, na, daß dir da damals diese Krankheit einen Strich durch die Rechnung gemacht hat. Denn ›Ex Oriente Lux‹ ist ja doch immer … ich rechne zu dem Orient eben doch auch Griechenland, nicht wahr, es besteht ja nun halb aus Armeniern, und also ich weiß nicht … aber das führt zu weit!

R: Wie denken Sie über die Brücken, die von der afrikanischen zur griechischen Kultur bestanden haben?

T: Ja … also ich weiß nicht, wo Sie da einen Brückenschlag … in welchen Zeitraum Sie den da legen wollen. Denken Sie an die Phönizier jetzt?

R: Ja. Die Phönizier und das alte Ägypten als Brücke zwischen Afrika und –

T: Ja, das sind natürlich … also ich habe äh mich hat immer alles aus dem phrygischen Bereich sehr interessiert, und ich habe da mal ein Buch, das heute gar nicht mehr im Handel ist, das habe ich als junger Mensch mit äh mit mit glühendem Eifer studiert, und das streifte da auch die französische Revolution, und denken Sie, daß beinah die phrygische Mütze der Jakobiner da irgendwie symbolträchtig auch für das Abendland geworden ist.

R: Herr Professor, Sie sprachen von Büchern. Welche Bücher waren es, die Sie in Ihrer Jugend und auch in Ihrem geistigen Werdegang am stärksten beeinflußt haben?

T: Ja, was soll ich Ihnen da … das nützt Ihnen wieder nichts, wenn ich Ihnen etwas aus dem … aus der russischen äh mich hat natürlich die klassische russische Literatur … Puschkin, nicht wahr … ich habe aber genauso … Oblomow war für mich ein Erlebnis, wenn ich das mal sagen darf.

R: Und die klassische Philosophie?

T: Äääh – ja .. nein, da möchte ich … ja und nein, da möchte ich lieber, daß Sie mich dann nach Jaspers und Heidegger fragen, die haben mir mehr gegeben. Das war einfach für mich, daß da doch wohl wieder der deutsche Vater bei mir durchschlug.

R: Und der französische Geist? Descartes und der Rationalismus?

T: Ja, ich habe bei den Franzosen natürlich immer diese Kristallklarheit bewundert, das ging so weit, ich kann Ihnen sagen, ich habe früher den napoleonischen Code

Civil gelesen wie eine Belletristik, weil ich fasziniert war von dieser klaren Sprache –

R: Das ist vielleicht wie bei Enzensbergers Telefonbuch heute –

T: Ich habe leider zu Enzensberger noch keinen Zugang, aber ich denke, es ist ja noch nicht, wie man hier sagt, es ist ja noch nicht aller Tage Abend – ich bin bemüht darum, nicht wahr.

R: Haben Sie eine spezielle Hinneigung zur neueren deutschen Literatur?

T: Ach, zur neueren … ich lese immer … wissen Sie, wenn ich Ihnen jetzt sage, wen ich lese, dann werden Sie mich verdammen, Sie werden an mir zweifeln wollen. Ich lese Eichendorff. Also, für mich ist das ›Leben eines Taugenichts‹ eine … ja, wie soll ich … na ja, nennen Sie es eine Ausflucht, nicht, wir können wieder analog zu dem heute von mir abzuhandelnden Thema … nicht, es ist eine Ausflucht des gequälten Menschen in der Pluralistischen Gesellschaft, daß er plötzlich dann wieder den äh den Steinverliesen der Großstadt zu entfliehen strebt und in Gärten, in denen Putten im Laub sichtbar werden, in denen … ja, Sie nennen das hier Kitsch, nicht wahr, ich finde es auch manchmal kitschig, aber ich erinnere mich, in meinem Vaterhaus, da hatten wir so einen wunder-wunderschönen alten Gobelin und da war dann so ein ganz großer bunter … es war ein echtes Stück, sehr sehr wertvoll, ist später auch in Katalogen abgebildet gewesen … und das war ein ganz bunter Papagei und einige Putten, die … ja Ball spielten. Dann war da noch ein großer Wasserfall und ich habe als Kind immer davor gestanden und gesagt: »Das ist das Reich der Träume, in dem ich einmal im Leben sein möchte.« Ja, und ich habe es nicht gefunden in unserer modernen Zeit, aber ich darf frank und frei bekennen, Eichendorff vermag mich durch den ›Taugenichts‹ also in ein … in eine Welt zu entführen … äh in diese Welt der Putten und der silberhellen Mondnächte. Auch Mörike ist mir sehr lieb, ich habe da einfach eine kleine Sentimentalität, die Sie mir also gestatten müssen.

R: Herr Professor, vielleicht dürfen wir noch etwas aus Ihrer persönlichen Biographie –

T: Ja – ja, gern.

R: Wir haben also gehört, daß Sie in Sofia geboren sind und einen deutschen Vater hatten –

T: Ja –

R: – aber in Kiew doch die Hauptjugendzeit verlebt haben –

T: Ja. Ja. Ja. –

R: – wie kam dann der nähere Kontakt zum deutschen Geistesleben, der konkrete Kontakt –

T: Ja, das war … also, da waren viele Irrungen und Wirrungen. Ich habe dann – Sie hören es an meiner Sprache – ich habe eine lange Zeit in Berlin gelebt, aber in einer Zeit, die äh etwas ungut war, nicht wahr, das war so in den mittdreißiger Jahren, und ich war da auch, nicht wahr, ich war schriftstellerisch tätig, hatte einen Vertrag mit de Gruyter und stand grade vor einer großen schriftstellerischen Arbeit, schriftstellerisch-wissenschaftlich, als man mir dann bedeutete … also gute Freunde sagten mir, »Na, es ist vielleicht doch besser«, ich paßte da einigen Herrschaften nicht, die damals … nicht wahr, ausschlaggebend waren. Und als das recht bedrohlich wurde, man hat mir das zu verstehen gegeben … ich hatte zuerst immer gesagt, na bitte, so schlimm wird das schon alles nicht werden, aber eines Tages sagte dann ein wohlmeinender Freund: »Du – also jetzt ist echte Gefahr im Verzug«, ich stand da auch wohl schon auf so einer schwarzen Liste und sollte noch in der gleichen Nacht inhaftiert und … äh ja, da also abtransportiert werden. Welchem Schicksal entgegen, können Sie sich ja wohl denken.

Ich habe dann also gleich meine Koffer gepackt und bin nach Südafrika gefahren, zu einem Vetter. Nicht wahr, ich hatte einen Vetter … ganz also entfernten … nicht mal direkt verwandt, aber sehr hilfsbereit, sehr freundlich, und der hatte sich da bei Johannesburg eine Apfelsinenplantage aufgebaut. Und der hatte mir immer schon angeboten, wenn es mal ganz kritisch würde, also daß er mir jederzeit Unterschlupf gewähren und mir da behilflich sein wollte. Na, ich bin dann also in letzter Minute, sozusagen bei Nacht und Nebel, da nach Afrika übergesiedelt und äh das wissen heute die wenigsten, aber ich schäme mich gar nicht, das auch hier zu bekennen: ich habe dann bei diesem Neffen einige Jahre da als Orangenpflücker mein Brot verdient. Ich habe die Zeit natürlich auch genutzt, habe weite Reisen unternommen. Ich war bei den Watussi, die werden ja zwei Meter lang, das war sehr informativ.

Überhaupt habe ich mit Eingeborenen viel Kontakt bekommen, bin später auch noch nach Nordafrika gegangen, auch zu einem Negerstamm, die wurden dann ganz zutraulich und sagten »Oh, Massa, bleiben Sie doch ruhig noch etwas bei uns!« Dann habe ich gesagt, ja, warum soll ich das auch nicht tun. Ich habe höchst interessante Einblicke gewonnen auch in das Familienleben der Schwarzen in so einem Kraal, das ist etwa einem unserer Dörfer vergleichbar, die Familien sind da sehr traditionsgebunden, untereinander mit einer sehr starken Affinität, aber wie gesagt auch dem Fremden, sogar dem Weißen gegenüber durchaus vorbehaltlos und in jeder Weise entgegenkommend, wenn man nicht gerade an Kannibalen gerät – die Einschränkung muß ich machen. Schließlich, das war nun aber wirklich eine Situation, bei der selbst ich nicht so ganz wußte, wie der Verhaltenskodex da sein sollte … oder müßte, jedenfalls, man bot mir die jüngste Tochter eines Stammeshäuptlings zur Frau an, und da war ich dann doch wohl etwas überfordert … nein, also daß Sie mich recht verstehen, ich hatte natürlich Bindungen an Zuhause, wollte andererseits nicht unhöflich sein, und habe dann diesem Stamm, in aller Form und Freundschaft, verlassen.

Ich lebte dann noch einige Zeit am Tschadsee, da bekam mir dann aber das Klima nicht, und da ist ja doch auch eine sehr starke Fliegenplage, nicht wahr, ich konnte dann verstehen, daß die Heuschreckenschwärme der Bibel, daß die doch ganz sicher vom Tschadsee aus gestartet sein müssen. Na, das ist jetzt von mir natürlich scherzhaft gemeint. Aber damals war ein Pflanzer, ein Engländer, der sagte immer, also wenn der Herrgott die Menschheit hat strafen wollen, dann hat er immer gesagt, was für Plagen habe ich denn noch am Tschadsee in petto … das war immer so nett, wenn der das so sagte, dieser Engländer … ja, das war zu nett!

R: Haben Sie dort auch die Großwildjagd betrieben?

T: Nein! Nein, das ist … äh aus Grundsätzen heraus … also, nein, das wäre gegen meine Grundsätze –
R: Sie sind Vegetarier, Herr Professor?
T: Nein, das bin ich nicht. Aber ich möchte nicht jagen, ich sage mir, ich bin ein Mensch der modernen Zeit, und die Jagd, die hat uns – – die hat zwar – darauf wollte ich übrigens heute in meinem Vortrag noch kommen … Oder vielleicht, äh wollen Sie mir das noch … also darf ich Ihnen das noch … darf ich das noch mir vorbehalten. Ich möchte gleich noch mal auf die Jagd der Primaten zu sprechen kommen, wenn ich meinen Vortrag über die Pluralistische Gesellschaft abschließe. Sie gestatten – also, betrachten Sie es nicht als Unhöflichkeit!
R: Ja, ich glaube, verehrte Hörer, Sie haben jetzt einen persönlichen Eindruck bekommen, und ich darf das Wort zurückgeben an Sie, Herr Professor, mit der Bitte, Ihren Vortrag zu beenden.

T: Ja, ich danke Ihnen für Ihre Hilfe und Ihr freundliches Interesse!

Ja, also … ja, nun muß ich wohl wieder warten, da … kommt dann so ein andersfarbiges Licht … ja ja, da kommt es ›rot‹, das ist ein Zeichen, dann darf ich wieder?? – Ja, da hinten wird gewunken … schön, ja, ich darf dann in meinem Vortrag fortfahren …

Ja, also meine lieben Hörerinnen und Hörer – ich möchte mich auch bei Ihnen noch bedanken, in aller Form, daß Sie diese kleinen biographischen Notizen da zur Kenntnis genommen haben und … wo ist der junge Mann? … der ist schon wieder enteilt … ich wollte mich bei ihm auch bedanken, der war mir hier vom

Sender zur Verfügung gestellt und hat das doch … äh … da … doch auch ganz nett gemacht.

Nun, wie gesagt, ich möchte jetzt noch einmal ganz kurz … einen Schritt zurücktun in die Historie, nämlich zur Jagd der Primaten, die wir eben in dem Interview kurz ansprachen. Da komme ich nämlich zu einem Punkt der Menschheitsgeschichte, der von einer so epochalen Bedeutung ist, daß … äh da … also daß da das nächste gleich valente Ereignis erst die endgültige Besiedlung des Mondes sein wird. Und zwar ist das die Erfindung des Kochtopfs und die Erfindung von Pfeil und Bogen und Speer durch den Primaten. Denn Sie müssen sich vorstellen, daß der Mensch noch im … äh … im Diluvium und später die ersten uns überhaupt bekanntgewordenen Menschen, die waren ja Jäger, eilten dem flüchtigen Wilde nach, nicht wahr, aber darin lag auch ihr Schicksal, denn ihre Wildpretnahrung, die hat sie dann häufig auch in frühster Lebensblüte zum Tode geführt, weil sie eben nicht in der Lage waren, sich gutes Wild, gute vollwertige Nahrung zu erjagen. Der Mensch war eben doch mit seinen Gehwerkzeugen nicht darauf eingerichtet, dem nun ja von Natur viel schnelleren Wilde zu folgen und es zu erhaschen. Und, da er aber auf die Wildnahrung angewiesen war, gelang es ihm dann nur, – – äh … minderwertiges Fleisch kranker Tiere, die vielleicht verseucht waren, viele organkrank oder die vielleicht an Rheumatismus erkrankt waren und dadurch dann auch nicht mehr diese schnelle Fluchtmöglichkeit hatten, nicht wahr, und so konnte der Mensch also durch Riesenzeiträume hindurch sich nur von Fleisch ernähren, das wir heute – mal ganz allgemeinverständlich gesprochen – als Freibankfleisch bezeichnen würden. Bis dann eines Tages dieser Moment der Erfindung von Pfeil und Bogen kam, nicht, der Erfindung des Speers, nicht wahr, und von nun ab der Mensch in der Lage war, auch gute Vollkost da … äh sich nutzbar zu machen. Und als er dann auch noch auf die Idee verfiel, das Fleisch in den Kochtopf wandern zu lassen, nicht wahr, um dadurch die eventuell vorhandenen Bakterien und Krankheitskeime abzutöten, da war der Weg freigemacht für eine viel, viel größere Lebenserwartung des Menschen. Sie müssen sich vorstellen: vorher hatte er also höchstens ein Lebensalter von … na, Anfang 20 zu erwarten gehabt, und nun … äh … konnte er da doch stetig seine Lebenserwartung verlängern. Und ich glaube, daß das schon sehr wichtig und epochemachend war. Diese Erfindung des Kochtopfs, das darf ich nochmal festhalten … Kochtopf und Pfeil und Bogen, die dann auch wiederum den Menschen, der durch diese Vollwertkost nun ein ganz neues, nie erlebtes Lebensgefühl bekam und der den Mut hatte, ein geselliges Wesen zu werden. Bisher war er ein trauriger Einzelgänger, nicht wahr, den ganzen Tag nur hinter dem Wilde her. Und nun schloß er sich also aus diesem neuen Lebensgefühl heraus zusammen, und wie er nun den Kochtopf in seinen internsten Lebensbereich einbezog – stellen Sie sich das Bild vor: dann wurde aus dem einsamen Nomaden, nicht wahr, der da mit Mühe sich ein krankes Wild erjagte, wurde jetzt ein fröhlicher Jagdgesell, der da um den Kochtopf sitzend zum ersten Mal Fühlung mit seinen Artgenossen bekam. Nicht wahr, das sind Bilder, die wir ja auch heute noch erleben. Denken Sie nur an die

Pfadfinder oder eine gutgelaunte Jagdgesellschaft. Und wir stehen – da bin ich wieder beim Thema meines heutigen Vortrages – wir stehen in zeitlicher Koinzidenz mit der Erfindung des Kochtopfs und Pfeil und Bogen auch in der Geburtsstunde der Pluralistischen Gesellschaft. Nicht wahr, und später, was daraus nun alles resultierte: das völlig neue Lebensgefühl, der Mensch ging ja so weit – denken Sie an die Antike –, daß er sich den Göttern ähnlich fühlte in einem ungeheuren Lebensgefühl, das äh … da … äh direkt als gigantesk zu bezeichnen ist. Wir haben die Giganten im alten Griechenland, sei es nun, daß sie von Göttern gezeugt waren, sei es, daß sie noch irgendwie göttliche Originität hatten – Parthenogenese ist in den alten Mythen wohl weniger nachweisbar – und denken Sie auch an die Schlacht von Salamis, nicht wahr, die Pluralistische Gesellschaft hat die geführt … sicher, es waren auch sehr viele Schiffe daran beteiligt. Aber die Anzahl der Menschen war ja noch ungemein höher. Oder bei Kynoskephaloi, nich, ja, viele Hundsköpfe, sagte früher mal ein akademischer Lehrer, aber noch mehr Menschenköpfe, die damals abgeschlagen wurden, es waren ja barbarische Zeiten … die damals abgeschlagen wurden, als in diesen archaischen Zeiten nun die Pluralistische Gesellschaft … nun allerdings erstmal zum Durchbruch kommen mußte mit einem neuen Ethos, nicht wahr, man kannte da eben kein größeres Vergnügen zuerst, als sich zu bekämpfen, als zu brandschatzen und sich gegenseitig das Lebenslicht auszublasen. Das nochmal ein ganz kurzer Rückblick auf die Historie. Damit wollen wir aber nun endgültig dieses Gebiet verlassen und … äh … ja, meine Damen und Herren, es ist nun heute nicht mehr die Zeit, um auch jetzt an … äh … das Thema da fortzuführen, nicht wahr. Wir wollen uns – ich hoffe, daß Sie da Interesse genug haben und auch dem nächsten Vortrag Ihre Aufmerksamkeit schenken – der wird sein … Augenblick, ich habe hier einen Zettel, den man mir hereingegeben hat: Also, heute haben wir ja nun den ersten April, und die nächste Sendung mit mir als Referenten wird dann allerdings im nächsten Jahr erst sein, 1981, auch wieder am ersten April um die gleiche Zeit. Und ich würde mich natürlich sehr freuen, wenn Sie mir dann auch wieder Ihre Aufmerksamkeit schenken wollten, und bis dahin wünsche Ihnen – jedem Einzelnen von Ihnen als Mitglied der Pluralistischen Gesellschaft trotzdem alles Gute!

Guten Abend!

Joachim Wittkowski

Mensch bleiben in der pluralistischen Gesellschaft.

Jürgen von Mangers feine Wahrnehmungen des Homo tegtmeieri

Über gut zwei Jahrzehnte hat Jürgen von Manger mit seinem Adolf Tegtmeier, der am 31.12.1961 im Norddeutschen Rundfunk die Kabarettbühne des Hörfunks betrat, das Publikum unterhalten. Auch auf der Bühne und im Fernsehen wird Tegtmeier schnell zum Publikumsmagneten. Tegtmeier-Schallplatten erobern obere Positionen in den Verkaufsstatistiken. Unter dem Titel »Bleibense Mensch! Träume, Reden und Gerede des Adolf Tegtmeier« wird 1966 eine Auswahl von ›Stückskes‹ (so nennt Jürgen von Manger seine Kabarett-Szenen) zu einem Buch versammelt, das heute zu den Klassikern der deutschen Kabarettliteratur zählt. Jürgen von Manger gehört zu den ersten, denen 2004 im »Walk of Fame des Kabaretts« am Deutschen Kabarett Archiv in Mainz ein »Stern der Satire« gewidmet worden ist.

Der Siegeszug Tegtmeiers über die deutschen Kabarettbühnen verdankt sich vordergründig einer Sprache, die sich an das Ruhrgebietsdeutsche anlehnt: »mitte Bauherren nix wie Ärger inne letzte Zeit, vor allem, wenn se so dauernd auffe Baustelle rumkriechen, die Nase in jeden Zementsack stecken, von nix ne Ahnung haben, aber überall mitquaken wollen«, beklagt sich Tegtmeier, als auf der Baustelle gefeiert wird (»Richtfest«). Bei genauerem Hinschauen zeigt sich aber, dass Jürgen von Manger keineswegs versucht hat, seine Texte im unverfälschten Dialekt des Ruhrgebiets zu schreiben: Neben ruhrgebietsdeutschen Wendungen wie »inne Waschkau« oder »von nix ne Ahnung« gibt es in der Rede Tegtmeiers auch standardsprachliche Formulierungen wie »Sagen Sie mal« oder »Ist das klar?«. Oft finden sich Mischformen: »kaum daß de« etwa oder »so ha'm Sie gestunken«. Manches ist geradezu inkonsequent: »dat« und »wat« stehen neben »das« und »was«, »ein bißchen« neben »so'n bißken«, »Se« neben »Sie«, und dies sogar im selben Text. »Hochdeutsch mit Knubbeln« hat Jürgen von Manger im Gespräch mit Heinz Kurtzbach Tegtmeiers Sprache genannt, die

Sprache des »Herrn Jedermann«, die ihm eine Art »Heimatdialekt« ist, wie er in einem von Heinz Tiede geführten Interview erläutert. Tegtmeiers Sprech- und Denkweise gehöre zum »Typ Alltagsnachbar«: In einer von Guido Baumann moderierten ZDF-Sendung demonstriert er, dass dieser in ganz Europa anzutreffen ist, und führt nicht nur eine bayrisch-österreichische Variante des Tegtmeier vor, sondern auch eine italienische im Bologneser Dialekt.

Die Grammatik des Tegtmeier-Deutschen zeichnet sich durch Anakoluthe und Inversionen, d. h. durch Satzbrüche und verdrehte Wortfolgen aus, die Tegtmeier vor allem dann unterlaufen, wenn er es dem sozial Höherstehenden sprachlich gleichtun will, zum Beispiel im Gespräch mit dem Staatsanwalt: »Und dann kamen Sie so mit Karacho mit ihr'n Rekord angebraust und sind Sie von hinten auf mein Schutzblech draufgeknallt, daß ich bald auf de Schnauze gefallen wäre, ne? oder – wie sagt man – hier vorne, Antlitz – alles.« (»Der geraubte Zündschlüssel«) Auch bei emotionaler Anspannung kommen ihm die Regeln des Satzbaus in die Quere des Redeflusses: »Weil wenn er mich dann anzeigen täte, dann kann ich mir ja dat blaue Auge vom Vertrauensarzt genehmigen lassen und dann kriegt der für seine Vorfahrt von mir aber eine Körperverletzung am Latz geknallt, daß er die Engel im Himmel … da – alles.« (»Partner im Verkehr oder Die Kunst, Leute zu ärgern«) Zusammen mit Beteuerungs- und Umschreibungsfloskeln wie »ährlich« und »woll'n ma sagen«, der Bekräftigungsformel »ne« (auch »nich wahr«, »nicht« oder in seltenen Fällen auch »nicht wahr«) und dem schriftlich nicht wiederzugebenden Tegtmeierschen Tonfall entsteht so eine Sprechweise, für die es im Deutschen, wohl schon 1962, nur eine treffende Vokabel gibt: mangern. Einer wissenschaftlichen Wandersage zufolge hätte dieses Verb seinerzeit sogar Eingang in den »Duden« gefunden. Auch wenn es dazu nicht gekommen ist: Dass sich ein vom Namen Manger abgeleitetes Verb als sog. Eponym in der Umgangssprache halten konnte (wie das sonst mit so verbreiteter und andauernder Popularität vielleicht nur noch bei den Verben »fringsen«

und »müllern« der Fall sein dürfte), zeugt von der Beliebtheit dieser Kabarettfigur.

Diese Popularität gründet nicht zuletzt in den Identifikationsmöglichkeiten, die die Figur des Tegtmeier, der sich in seinen Anfangsjahren noch Tägtmeier schreibt, bietet. Dass Tegtmeiers Sprache sich an das Ruhrgebietsdeutsche anlehnt, beschränkt den Wirkungskreis der Figur keineswegs auf das Ruhrgebiet, sondern verleiht ihr lediglich die Lebensnähe des Dialekts und das komische Moment, das sich auf der Bühne mit Dialekten allemal erzeugen lässt. Das Ruhrgebietsdeutsche hat dazu den Vorteil, auch in allen anderen deutschen Dialektgebieten gut verständlich zu sein. Auf das Kumpel-Klischee lässt sich Tegtmeier indes auch in der Sache nicht festlegen. In den verschiedenen ›Stückskes‹ ist er zwar auch Bergmann, dann aber mal Maurer, mal Soldat, oder er tritt als Justizvollzugsbeamter auf. Oft wird über seinen Beruf gar nichts gesagt; stattdessen nimmt Tegtmeier verschiedene soziale Rollen ein, ist Kleinaktionär, Taubenzüchter oder Großvater.

Bei genauerem Hinsehen entpuppen sich auch Tegtmeiers gelegentliche Gesprächspartner als nur scheinbar eloquentere Geistesverwandte: Der Staatsanwalt im ›Stücksken‹ »Der ›geraubte‹ Zündschlüssel« verheddert sich, einmal emotional angespannt, genauso in den Fallstricken der Grammatik und Phraseologie wie sein Gegenüber: »Herr Tägtmeier, jetzt mal Butter … hier zu den – Fischen! –, haben Sie – ja oder nein! – haben Sie meine Autoschlüssel …« Allerdings, der Staatsanwalt nutzt das gebildeter klingende »nicht wahr« und nicht die Tegtmeier geläufigere Fragepartikel »ne« …, doch das ändert nichts daran, dass sich hinter beiden Formen die gleiche sprachliche Verlegenheit verbirgt – und mit ihr die Banalität des Alltäglichen.

Dies wird besonders deutlich, als sich mit Professor Michailo Alexej Tegtmaroff ein akademisches alter ego Adolf Tegtmeiers zu Wort meldet: »Die Pluralistische Gesellschaft gestern und morgen. Historisch-philosophische Betrachtungen« lautet der Titel eines Radiovortrags, auf den die »Frankfurter Allgemeine Zeitung«, ganz im Ernst, am 31.3.1965 einen ausführlichen

Programmhinweis mitsamt einer würdigenden Kurzbiographie des »russische[n] Nobelpreisträger[s]« bringt. Tegtmeier und Tegtmaroff sind Brüder im Geiste, allein: Wo Tegtmeier schlicht »Mensch bleiben« sagt, ergeht sich der Professor Tegtmaroff wortreich und wohlklingend über das »positive Menschtum«. Jürgen von Manger, der als Abiturient des Hagener Albrecht-Dürer-Gymnasiums neben Latein- auch Griechisch-Unterricht hatte, treibt die professorale Version der Lingua tegtmeieri auf die Spitze, wenn er mit griechisch-römischen Redewendungen aus dem Zitatenschatz des deutschen Bildungsbürgers und im rhetorischen Bescheidenheitsmodus zum philosophisch klingenden Höhenflug ansetzt: »[…] als ich dann diese … natürlich sehr gewagten Versuche unternahm, einmal zwischen dem GNOTHI SEAUTON [gr.: Erkenne dich selbst!] und dem SCIO NESCIO [lat.: Ich weiß, dass ich nichts weiß.] eine … wenn auch nicht Brücke, aber doch den Versuch eines schmalen Steges wissenschaftlich zu erarbeiten, da habe ich gesehen, wie doch auch die Pluralistische Gesellschaft von Uranfängen her immer wieder unter diesem Rubrum … nicht wahr, einzuordnen war.« Die Selbsterkenntnis führt Tegtmaroff zur Einsicht in die eigene Unzulänglichkeit und damit, wie Tegtmeier, zur Nachsicht sich selbst und anderen gegenüber.

Tegtmaroffs Betrachtungen berühren auch das Leben im sog. Dritten Reich, »in einer Zeit, die äh etwas ungut war, nicht wahr«. Wie viele seiner Zeitgenossen stellt er sich als Leidtragender des politischen Systems dar, denn: »ich stand da auch wohl schon auf so einer schwarzen Liste und sollte noch in der gleichen Nacht inhaftiert und … äh ja, da also abtransportiert werden. Welchem Schicksal entgegen, können Sie sich ja wohl denken.«

Eine solche klischierte Redeweise zeugt in den mittsechziger Jahren – Tegtmaroffs »Historisch-philosophische Betrachtungen« wurden erstmals am 1.4.1965 ausgestrahlt – vom weitgehenden Ausbleiben einer Auseinandersetzung mit der noch jungen NS-Vergangenheit. Adolf Tegtmeier lässt dies deutlicher erkennen als Professor Tegtmaroff. »Das Unwesen« heißt ein ›Stücksken‹, in dem sich Tegtmeier über die sogenannten Gammler der mittsechziger Jahre empört: »Nä, ausrotten muß man die mit Stumpf und Stiel.« Und dazu taugt ihm »diese neue Partei, diese NPD, die haben dat ja versprochen: daß die deutsche Jugend wieder Zucht und Ordnung rein muß.« Auf der kollektiven Psyche der Deutschen lasten in den sechziger Jahren eben noch braune Flecken, und so vergisst Tegtmeier schon mal seinen Grundsatz »Mensch bleiben«. Es wäre also ein Missverständnis der Mangerschen Kabarettfiguren, verstünde man sie ausschließlich positiv.

Andere politische Hintergründe erschließen sich bei Jürgen von Manger erst bei genauerem Hinsehen. »Der Abschied« erzählt von einer Zechenschließung: vom Assessor, der sich bei der Regierung bedankt, und vom Ministerialdirigenten, der auf Subventionspolitik und Sozialpläne verweist. Dazu spielt die Kapelle der Zeche ein Lied: »Glückauf, Ihr Bergleut jung und alt, seid froh und wohlgemut …«. Man mag über Tegtmeier lauthals lachen, wenn er die Schließung seines Pütts mit »Onkel Alvis seine Beerdigung« vergleicht, »daß ein'n dat aber ganz schön am Herzen – – greift!« Doch das Lachen wird bitter, realisiert man, dass der nur anzitierte Vers zum »Festtagslied der Bergleute« gehört, in dessen weiterem Verlauf es heißt: »Auch preis't das werteste Bemühn von unsrer Obrigkeit, die für uns sorgt – und fernerhin zu sorgen ist bereit.« Vor diesem Hintergrund erscheinen die Ausführungen des Regierungsvertreters über »die viele Hilfe, was wir vonne Regierung geschenkt bekommen hätten: selbst in die Wahljahre, wo die Regierung doch besonders heftig beschäftigt wäre mit die Propaganda und wie sie die Wahl wieder gewinnen kann«, geradezu zynisch. Jürgen von Mangers ›Stücksken‹ eröffnet so eine kritische Sicht auf das politische Geschehen.

Es entspricht dem auf das Zeitgeschehen reagierenden Kabarett, Texte den sich ändernden Gegebenheiten anzupassen, um sie für die Aufführung brauchbar zu halten. Auch Jürgen von Manger hat seine Texte immer wieder adaptiert. »Das Unwesen« etwa zitiert ursprünglich Ludwig Erhard, der seinerzeit just jene Vokabel »Unwesen« gewählt hat, um seine Abneigung gegen die ›Gammler‹ zu artikulieren. In der hier vorliegenden Fassung steht »der Herr Barzel von Bonn« anstelle von »Professor Erhard«, und die Tonaufnahme, in der nur ein namenloser »Bundespräsident« genannt wird, macht sich von aktuellen politischen Konstellationen unabhängig. Für die meisten ›Stückskes‹ finden sich zahlreiche solche und andere Korrekturen und Textvarianten. Die hier versammelten Texte geben eine Manuskriptversion so textgetreu wie möglich wieder. Dass die Entscheidung für die eine Fassung andere Fassungen ausblendet, ist dabei unumgänglich.

Allen Textvarianten gemein ist jedoch, dass die kritische Perspektive ihren Ausgang in der Alltagswelt des »Herrn Jedermann« nimmt und das Imponiergehabe derer ›da oben‹ entlarvt: Als Adolf Tägtmeier, Kleinaktionär des Volkswagenwerks, sich bis zu derem Generaldirektor durchtelefoniert, um selbstbewusst seine Interessen zu vertreten, wehrt er dessen Erklärungsversuche selbstsicher ab: »Invengstitionen, Herr Nordhoff: streuen Sie doch nicht mit solche Fremdwörter Sand inne Augen vonne Kleinaktionäre!« (»Der Protest«) Auf den ersten Blick mag Tägtmeier naiv erscheinen, gleichwohl zeigt Mangers ›Stücksken‹, wie verschieden die Interessen der Kleinaktionäre und des Managements sind, aus dessen Sicht die Tägtmeiers eben keine Partner, sondern nur Teil eines Finanzierungsplans sind. Adolf Tägtmeier aber bleibt die Welt der global agierenden Börsenunternehmen fremd: Seine Sorgen gelten seinem Alltag. In ihm muss Tägtmeier/Tegtmeier sich genauso bewähren wie sein Freund Emil Ellersiek, der Staatsanwalt oder Professor Tegtmaroff. Der Tegtmeier im Publikum aber lacht über den Akademiker wie über den Kumpel – und am Ende vielleicht auch über sich selbst.